FRANZ KAFKA

**OPORTUNIDADE
PARA UM PEQUENO
DESESPERO**

FRANZ KAFKA

OPORTUNIDADE PARA UM PEQUENO DESESPERO

ORGANIZADO E ILUSTRADO POR
NIKOLAUS HEIDELBACH

TRADUÇÃO
RENATA DIAS MUNDT

Martins Fontes

© 2010 Martins Editora Livraria Ltda., São Paulo, para a presente edição.
© 2009 DuMont Buchverlag, Köln.
Esta obra foi originalmente publicada em alemão sob o título
Gelegenheit zu einer kleinen Verzweiflung.

Publisher Evandro Mendonça Martins Fontes
Coordenação editorial Anna Dantes
Produção editorial Luciane Helena Gomide
Preparação Tereza Maria Souza de Castro
Revisão Cecília Madarás
Denise Roberti Camargo
Dinarte Zorzanelli da Silva

Dados Internacionais de Catalogação na Publicação (CIP)
(Câmara Brasileira do Livro, SP, Brasil)

Oportunidade para um pequeno desespero / organizado e ilustrado por Nikolaus Heidelbach ; tradução Renata Dias Mundt. – São Paulo : Martins Martins Fontes, 2010.

Título original: Gelegenheit zu einer kleinen Verzweiflung
ISBN 978-85-61635-83-1

1. Contos alemães I. Heidelbach, Nikolaus.

10-10099   CDD-833

Índices para catálogo sistemático:
1. Contos : Literatura alemã   833

Todos os direitos desta edição para o Brasil reservados à
Martins Editora Livraria Ltda.
Av. Dr. Arnaldo, 2076
01255-000 São Paulo SP Brasil
Tel. (11) 3116.0000
info@martinseditora.com.br
www.martinsmartinsfontes.com.br

SUMÁRIO

Fotografia   8
Em nossa Sinagoga vive um animal   10
Cinco amigos   15
Muito barulho   18
O guarda do estacionamento   20
O professor da escola da aldeia   22
O animal   41
Vizinho de quarto   42
Um pequeno menino   47
No camarote   48
Duas mulheres gordas   51
Vinte pequenos coveiros   56
Um chinês   58
Blumfeld   60
Novo meio de transporte   89
A ponte   90
Pequena fábula   92
Camundonguinho   93
Chacais e árabes   94
Bregenz   101
Durante a construção da muralha da china   102
A preocupação do pai de família   103
O jogo de paciência   107
O pássaro   108
O cavaleiro da tina   111
Continuai dançando, porcos   116

"...se alguém tem uma pele amarelada, não tem escolha a não ser mantê-la, mas não precisa, como Frieda, ainda por cima, vestir uma blusa bem decotada cor de creme, de forma que os nossos olhos transbordem de tanto amarelo."

"...em algum lugar um senhor até imitou o canto de um galo."

Trechos de *O castelo*[1]

---

1 Tradução de Renata Dias Mundt.

Envio em anexo uma fotografia minha,
Devia ter uns cinco anos,
Na época, o rosto bravo foi um gracejo,
Hoje o considero sinal de austeridade oculta...

EM NOSSA SINAGOGA VIVE UM ANIMAL, talvez do tamanho de uma fuinha. Geralmente pode ser bem visualizado, pois, até uma distância de aproximadamente dois metros, tolera a aproximação do ser humano. Sua cor é de um azul-esverdeado claro. Seu pelo nunca foi tocado por ninguém, portanto, não se pode dizer nada a respeito; podemos quase afirmar, inclusive, que a verdadeira cor da pelagem é desconhecida, talvez a cor que se vê seja apenas a do pó e da argamassa que ficaram agarrados à pelagem, pois a cor se assemelha mesmo ao reboco do interior da sinagoga, só que um pouco mais clara. Ele é, à exceção de seu temor, um animal excepcionalmente calmo e sedentário. Se não fosse enxotado tantas vezes, certamente mal sairia do lugar, sua habitação preferida é a grade do setor das mulheres, com visível prazer ele enfia suas garras nas malhas da grade, estica-se e olha para baixo, para a sala de orações, essa arrojada posição parece alegrá-lo, mas o serviçal do templo tem a incumbência de nunca deixar o animal na grade, ele se acostumaria a esse local e isso não poderia ser tolerado devido às mulheres que temem o animal. Por que elas o temem, não se sabe ao certo. Ele realmente parece um pouco assustador à primeira vista, especialmente o longo pescoço, a cara triangular, os dentes superiores salientes, quase horizontais, uma fileira de longos pelos hirsutos claros e aparentemente muito duros acima do lábio superior, que ultrapassam os dentes, tudo isso pode assustar, mas logo temos de reconhecer quão inofensivo é esse aparente terror. Mantém-se principalmente distante de seres humanos, é mais esquivo que um animal selvagem, ele parece apegado a nada além do edifício, e sua infelicidade pessoal consiste certamente no fato de esse edifício ser uma sinagoga, portanto, um local esporadicamente bastante movimentado. Se pudéssemos nos comunicar com o animal, poderíamos pelo menos consolá-lo com o fato de que a comunidade de nossa cidadezinha montanhesa diminui a cada ano e precisa

realizar grande esforço para levantar os valores para a manutenção da sinagoga. Não se pode excluir a possibilidade de que, em algum tempo, a sinagoga se transforme em um celeiro de cereais ou algo semelhante e que o animal passe a ter a tranquilidade que hoje, dolorosamente, lhe falta.

No entanto, são apenas as mulheres que temem o animal, ele já é, há muito, indiferente aos homens, uma geração o apresentou a outra, ele era sempre visto, até que por fim ninguém mais lhe voltou os olhos, e mesmo as crianças que o veem pela primeira vez não se admiram mais. Ele se tornou o animal de estimação da sinagoga, por que a sinagoga não deveria ter um animal de estimação especial, que não existe em nenhum outro lugar? Se não fossem as mulheres, nem se notaria mais a existência dele. Mas mesmo as mulheres não o temem verdadeiramente, mesmo porque seria muito peculiar temer um animal como esse dia e noite, durante anos e décadas. Elas se defendem alegando que ele quase sempre está muito mais próximo delas do que dos homens, o que é verdade. O animal não ousa descer até os homens, nunca foi visto no chão. Quando não permitimos que chegue à grade do espaço das mulheres, então ele, no mínimo, se mantém na mesma altura dela, na parede oposta. Ali há um ressalto na parede muito estreito, de nem dois dedos de largura, que percorre três lados da sinagoga, nessa saliência o animal, às vezes, desliza rapidamente para lá e para cá, mas geralmente fica encolhido, quieto, em um determinado lugar em frente às mulheres. É quase incompreensível a facilidade com que consegue utilizar esse estreito caminho e a forma como ele, lá no alto, chegando ao final, dá uma meia-volta. Vale a pena observá-lo, ele já é um animal muito velho, mas não hesita em realizar o mais ousado salto no ar, o qual também nunca falha, no ar ele se vira e logo está correndo de novo seu caminho de volta. No entanto, depois que já vimos isso algumas vezes, ficamos saciados e não há mais motivo para continuarmos olhando. Além disso, não é o temor tampouco a curiosidade que mantêm as mulheres em movimento, se elas se ocupassem mais das orações, poderiam esquecer o animal completamente, e as mulheres devotas o fariam se as outras, que são a grande maioria, deixassem, mas estas sempre querem chamar a atenção para si e o animal é, para tanto, um pretexto bem-vindo. Se pudessem e se ousassem, elas certamente teriam atraído o animal para mais perto de si, para então poderem se assustar ainda mais. Mas na verdade o animal não urge ir até elas; se não for atacado, ele se interessa por elas tão pouco quanto pelos homens, de preferência provavelmente se manteria na clandestinidade, na qual vive nos períodos fora dos cultos, aparentemente em algum nicho da parede que ainda não descobrimos. Ele aparece somente quando as pessoas começam a rezar, assustado pelo barulho, quer ver o que aconteceu, quer permanecer alerta, quer ser livre, capaz de fugir, sai de seu esconderijo por medo, faz suas cambalhotas por medo e não ousa esconder-se até que o culto termine. Naturalmente prefere as alturas porque ali está mais seguro e tem melhores chances de correr sobre a grade e o ressalto da parede, mas não fica sempre lá, de forma alguma, às vezes também desce mais, até os homens. A cortina da arca da aliança está presa a um varão de latão brilhante que parece atrair o animal, ele se esgueira com frequência até lá, mas ali sempre fica quieto, nem mesmo quando está bem próximo da arca pode-se dizer que ele incomoda, com seus olhos vazios, sempre abertos, talvez abléfaros, ele parece observar a comunidade, mas certamente não olha para ninguém, apenas olha na direção dos perigos pelos quais se sente ameaçado.

Nesse sentido, ele não parecia, pelo menos até pouco tempo, muito mais entendido que nossas mulheres. Quais perigos tem a temer? Quem tem a intenção de lhe fazer algum mal? Pois não vive há muitos anos totalmente abandonado? Os homens não se preocupam com sua presença e a maioria das mulheres provavelmente ficaria infeliz se ele desaparecesse. E como é o único animal da casa, não tem nenhum inimigo. Isso ele poderia ter percebido paulatinamente, com o correr dos anos. E o culto, com seu barulho, pode ser mesmo assustador para o animal, mas ele se repete moderadamente todos os dias e com maior intensidade em dias festivos, sempre regularmente e sem interrupções, o animal amedrontado já poderia ter-se acostumado àquilo, principalmente quando vê que não é o barulho de perseguidores, mas um barulho que não lhe diz respeito. Mas mesmo assim esse temor. Será a lembrança de tempos há muito passados ou a previsão de tempos futuros? Será que esse velho animal sabe mais do que as três gerações todas reunidas na sinagoga?

Há muitos anos, conta-se, as pessoas realmente tentaram expulsá-lo. É possível que isso seja verdade, porém é mais provável que se trate apenas de histórias inventadas. Comprovadamente, no entanto, sabe-se que, na época, as pessoas estudaram, sob o ponto de vista das leis religiosas, se podiam tolerar um animal como aquele na casa de Deus. Buscou-se o conselho de diversos rabinos famosos, as opiniões ficaram divididas, a maioria foi a favor da expulsão e da reinauguração da casa de Deus. Mas era fácil se decretar à distância; na verdade, foi impossível expulsar o animal.

CINCO AMIGOS

Somos cinco amigos. Certa vez saímos de uma casa um atrás do outro. Primeiro veio um e se postou ao lado do portão, depois veio, ou melhor, deslizou tão levemente quanto uma bolinha de mercúrio, o segundo, atravessando o portão e postou-se perto do primeiro, então o terceiro, depois o quarto e então o quinto. Por fim, estávamos todos nós de pé, enfileirados. A pessoas nos notaram, apontaram em nossa direção e disseram: "Os cinco saíram agora dessa casa". Desde então, vivemos juntos, e seria uma vida pacífica se não houvesse sempre um sexto se intrometendo. Ele não nos faz nada, mas nos incomoda, e isso basta. Por que se intromete onde não é chamado? Nós não o conhecemos e não queremos acolhê-lo. Nós cinco tampouco nos conhecíamos antes e, para falar a verdade, ainda não nos conhecemos hoje, mas o que é possível e tolerado entre nós cinco não é possível nem tolerado com esse sexto. Além disso, nós somos cinco e não queremos ser seis. E qual é o sentido, afinal, dessa contínua comunhão, também entre nós cinco não há sentido, mas agora já estamos juntos e vamos permanecer assim. No entanto, não queremos uma nova agremiação, justamente devido às nossas experiências. Como poderíamos ensinar tudo ao sexto, longas explicações significariam quase uma exceção em nosso círculo, preferimos não explicar nada e não o acolher. Por mais que ele faça bico, empurramo-lo com o cotovelo. Mas mesmo que o empurremos para longe, ele sempre retorna.

MUITO BARULHO

Estou aqui sentado em meu quarto, o quartel general do barulho de toda a casa. Ouço baterem todas as portas, devido ao seu barulho, sou poupado apenas dos passos daqueles que caminham entre elas, ouço ainda a porta do fogão sendo fechada. O pai arromba as portas de meu quarto e o atravessa arrastando a camisola. No aquecedor no quarto contíguo, as brasas estalam, Valli pergunta da antecâmara, bradando palavra por palavra se o chapéu do pai já foi limpo, um ciciar, que me soa muito conhecido, destaca ainda mais o grito da voz que responde. A maçaneta da porta da frente é abaixada

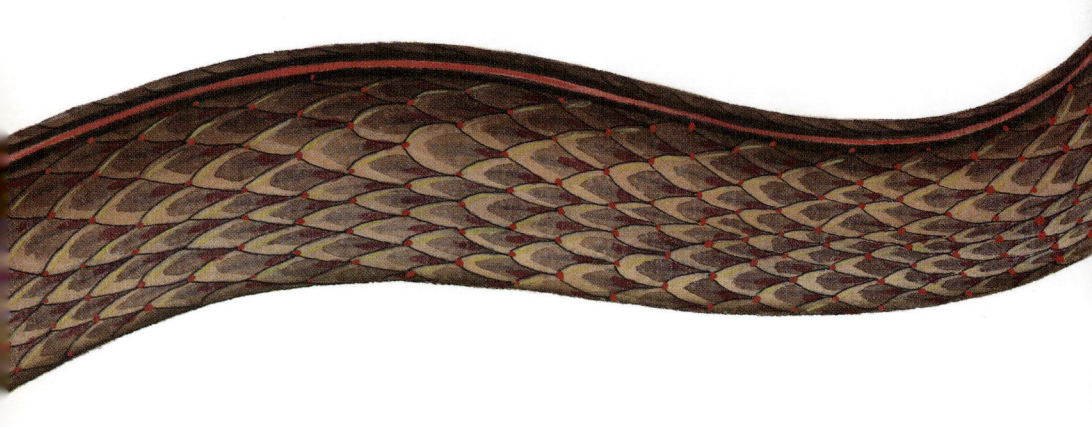

fazendo um barulho como uma garganta catarrenta, e a porta continua se abrindo com o canto de uma voz feminina e fecha-se finalmente com um tranco abafado, masculino, que soa como o mais desconsiderado. O pai saiu, agora se inicia o barulho mais suave, mais espargido, mais desesperançado, liderado pelas vozes dos dois canários. Mesmo antes eu já pensara nisso, com os canarinhos volta a me ocorrer se não poderia abrir uma pequena fresta da porta, entrar no quarto contíguo me esgueirando como uma cobra e pedir então, assim no chão, silêncio às minhas irmãs e sua ama.

– O senhor conhece o guarda do estacionamento?
– Certamente.
– Também não acha que ele é louco?

O PROFESSOR DA ESCOLA DA ALDEIA

Aqueles que – e eu sou um deles – já acham uma pequena toupeira repulsiva, teriam provavelmente morrido de aversão se tivessem visto a toupeira gigante que foi avistada há alguns anos nas proximidades de um vilarejo, que obteve certa notoriedade temporária devido a esse fato. Agora, no entanto, ele já recaiu há muito no esquecimento que partilha apenas com a falta de notoriedade do fenômeno que permaneceu totalmente inexplicado, o qual, porém, as pessoas não fizeram grande esforço para explicar e que, em consequência da incompreensível indiferença do círculo de pessoas que deveriam se ocupar dele e que, na verdade, se ocupam seriamente de coisas muito menores, foi esquecido sem estudos mais aprofundados. Pelo menos o fato de o vilarejo ficar distante da linha férrea não pode servir de desculpa para tanto, pois várias pessoas vieram de muito longe, até mesmo do estrangeiro, somente aqueles que deveriam demonstrar algo mais do que curiosidade, esses não vieram. Sim, se algumas pessoas simples, pessoas cujo trabalho diário quase não lhes deixava tempo para respirar, se essas pessoas não tivessem se ocupado da questão em seu altruísmo, o boato sobre o fenômeno provavelmente não teria nem mesmo ultrapassado os limites da região. Pois é preciso admitir que mesmo o boato, que via de regra dificilmente pode ser contido, justamente nesse caso fora moroso, se as pessoas não o tivessem realmente impulsionado, ele não teria se espalhado. Mas isso certamente tampouco era motivo para que não se ocupassem da questão, pelo contrário, esse fenômeno também deveria ter sido estudado. Em vez disso, o único documento escrito sobre o caso foi deixado a cargo do velho professor da aldeia, um homem excelente em sua profissão, mas cuja capacidade, assim como formação, não lhe possibilitavam fornecer uma descrição minuciosa e útil, que dirá uma explicação. O pequeno texto foi impresso e bastante vendido aos visitantes do vilarejo na época, ele teve algum reconhecimento, mas o professor era esperto o suficiente para reconhecer que seus esforços esparsos sem o apoio de ninguém, no fundo, eram inúteis. Se ele, porém, não arrefecia e transformou a questão, apesar de ela ter se tornado mais desesperadora a cada ano, em um trabalho de vida, isso então comprova, por um lado, quão grande era o efeito do fenômeno e, por outro, quanta persistência e lealdade às próprias convicções poderia haver em um velho professor aldeão a quem ninguém dava atenção. Que ele, porém, sofreu muito com a rejeição das personalidades influentes comprova um pequeno adendo que fez ao seu texto, no entanto, somente após alguns anos, ou seja, em uma época em que quase ninguém mais podia se lembrar do que se tratava. Nesse adendo ele se queixa convincentemente, talvez não por habilidade, mas por sinceridade, da falta de compreensão que encontrou em pessoas das quais menos se esperaria esse comportamento. Sobre essas pessoas, ele diz acertadamente: "Não eu, mas eles falam como velhos professores aldeões". E cita, entre outras coisas, a frase de um erudito à casa do qual fora especialmente para tratar de sua questão. O nome do erudito não é mencionado, mas pode-se deduzir, por diversas circunstâncias secundárias, quem foi. Depois de o professor ter superado grandes dificuldades para conseguir apenas permissão para visitar o erudito ao qual se anunciara durante semanas, ele percebeu, já ao cumprimentá-lo, que ele estava fortemente influenciado por um preconceito insuperável no que dizia respeito à sua questão. A distração com que ele ouviu o relato do professor, realizado com base em seu texto, revelou-se no comentário feito após aparente reflexão:

– Certamente existem diferentes toupeiras, pequenas e grandes. Afinal, a terra em sua região é bastante preta e pesada. Por isso ela fornece uma ótima alimentação para toupeiras e elas se tornam excepcionalmente grandes.

– Mas não tão grandes assim – exclamou o professor, mostrando, um pouco exagerado em sua fúria, dois metros na parede.

– Claro que sim – respondeu o erudito, para o qual tudo parecia obviamente uma grande piada –, por que não?

Com essa resposta o professor voltou para casa. Ele conta como sua esposa e seus seis filhos esperavam por ele à noite na estrada, sob neve, e como teve de lhes admitir o fim definitivo de suas esperanças.

Quando li sobre o comportamento do erudito em relação ao professor, ainda nem conhecia seu texto principal. Mas decidi imediatamente coletar e organizar pessoalmente tudo o que pudesse descobrir a respeito do caso. Como eu não podia mostrar os punhos ameaçando o intelectual, pelo menos o meu texto deveria defender o professor ou, melhor dizendo, não tanto o professor, mas sim a boa intenção de um homem honesto, mas nada influente. Confesso que me arrependi mais tarde dessa decisão, pois logo percebi que sua execução me deixaria em uma condição peculiar. Por um lado, minha influência também não era nem de longe suficiente para tornar o erudito ou mesmo a opinião pública a favor do professor, por outro lado, porém, o professor certamente deve ter notado que para mim importava menos sua intenção principal, a comprovação do aparecimento da toupeira, e mais a defesa de sua honradez, a qual, por sua vez, era óbvia para ele e não parecia precisar de defesa. Assim, aconteceu inevitavelmente que eu, que queria me aliar ao professor, não fui compreendido por ele e provavelmente, em vez de ajudar, precisaria que aparecesse alguém que me ajudasse, o que certamente era muito improvável. Além disso, com minha decisão, sobrecarreguei-me com um grande trabalho. Se eu quisesse convencer, então não poderia me basear no professor, pois ele já não conseguira convencer antes. Conhecer seu texto só teria me atrapalhado, portanto, evitei lê-lo antes de terminar meu próprio trabalho. Sim, eu nem mesmo entrei em contato com o professor. De qualquer forma, ele soube por intermediários de minhas pesquisas, mas não sabia se eu trabalhava a favor dele ou contra. E, inclusive, provavelmente suspeitava da segunda opção, mesmo que tenha negado posteriormente, pois tenho provas de que interpôs diversos obstáculos em meu caminho. Isso ele podia fazer facilmente, já que eu era obrigado a refazer todas as pesquisas que ele já realizara, de forma que, portanto, sempre poderia estar à minha frente. Mas essa é a única objeção justa que se pode fazer ao meu método, aliás, uma objeção inevitável, a qual, porém, foi intensamente enfraquecida devido ao cuidado, sim, à abnegação de minhas conclusões. Fora isso, no entanto, meu texto estava isento de qualquer influência do professor, talvez eu tenha sido até mesmo meticuloso demais nesse ponto, pois realmente foi como se ninguém houvesse estudado o caso até então, como se eu fosse o primeiro a ouvir as testemunhas oculares e auditivas, o primeiro a organizar os dados, o primeiro a tirar conclusões. Quando mais tarde li o texto do professor – ele tinha um título bastante longo: "Uma toupeira, tão grande como ninguém viu antes" –, realmente achei que não concordávamos em pontos relevantes, mesmo que nós dois acreditássemos termos comprovado a questão principal, a saber, a existência da toupeira. De qualquer forma, essas esparsas diferenças de opinião impediram o surgimento de uma relação amistosa com o professor, com a qual eu contara, apesar de tudo. Desenvolveu-se quase certa hostilidade da parte dele. Ele sempre se comportou de forma modesta e humilde comigo, mas isso permitia perceber ainda mais claramente seu verdadeiro estado de espírito. Pois ele era da opinião de que eu prejudicara a ele e à história como um todo e de que minha crença em que o beneficiaria ou poderia beneficiar era, na melhor das hipóteses, ingenuidade, sendo, no entanto, provavelmente presunção ou insídia. Ele principalmente ressaltou muitas vezes que todos os seus opositores até então não haviam demonstrado sua oposição ou, se o fizeram, então apenas em confidência, ou apenas verbalmente, enquanto eu julgara necessário mandar imprimir, imediatamente, todas as minhas explanações. Além disso, segundo ele, os poucos opositores que haviam se ocupado da questão, mesmo que superficialmente, teriam pelo menos ouvido a sua opinião, a do professor, ou seja, a opinião relevante nesse caso, antes de se pronunciarem, eu, porém, apresentara resultados a partir de dados coletados de forma assistemática e, em parte, incompreendidos, sendo que tais resultados, mesmo que fossem corretos no ponto central, pareciam implausíveis tanto para a massa quanto para os intelectuais. O menor sinal de implausibilidade, porém, era o pior que poderia acontecer nesse caso. Eu poderia responder facilmente a essas objeções, mesmo que veladas – pois justo seu texto, por exemplo, certamente representava o ápice da implausibilidade –, menos fácil, no entanto, era lutar contra sua outra suspeita, e esse era o motivo pelo qual eu me mantive bastante afastado dele de maneira geral. No fundo, ele acreditava que eu queria aliená-lo da fama de ter sido o primeiro intercessor público da toupeira. Porém não existia nenhuma fama para sua pessoa, mas apenas um ridículo que se limitava a um círculo cada vez mais estreito e ao qual eu certamente não queria me candidatar. Além disso, eu havia declarado expressamente na introdução de meu texto que o professor deveria ser eternamente considerado o descobridor da toupeira – sendo que nem mesmo o fora – e que apenas a empatia com seu destino me impulsionara a redigir meu texto. "A intenção deste texto" – assim eu o concluí de forma extremamente patética, mas que correspondia aos meus sentimentos na época — "é ajudar a disseminação merecida do texto do professor. Se conseguir meu intento, meu nome, envolvido apenas transitória e superficialmente com esse evento, deve ser imediatamente alijado dele." Portanto, repeli qualquer maior envolvimento com a questão; foi quase como se eu, de alguma forma, tivesse previsto a inacreditável objeção do professor. Mesmo assim, ele encontrou justamente nesse trecho o pretexto contra mim, e não nego que havia certa razão aparente no que ele disse, ou melhor, insinuou, assim como percebi algumas vezes que ele, em certos aspectos, demonstrava mais perspicácia em relação à minha pessoa do que em seu texto. Pois afirmou que minha introdução seria ambígua. Se minha intenção fosse realmente apenas a divulgação de seu texto, por que não me ative exclusivamente a ele e a seu texto, por que não mostrei seus méritos, sua irrefutabilidade, por que não me limitei a destacar a importância da descoberta e a torná-la compreensível, por que então adentrei, abandonando completamente o texto, na própria descoberta? Ela por acaso já não ocorrera? Ou será que ainda restara algo a fazer nesse sentido? Mas se eu realmente acreditasse ter de realizar a descoberta mais uma vez, por que então me liberei da descoberta tão festivamente na introdução? Isso poderia ter sido falsa modéstia, mas era algo mais grave. Segundo ele, eu desprezava a descoberta, chamava a atenção para ela a fim de desvalorizá-la, eu a estudara e a deixara de lado. Talvez tudo tivesse ficado um pouco mais calmo sobre essa questão e eu então voltei a fazer alarde, tornando, porém, também a situação do professor mais complicada do que jamais fora. O que significava afinal para o professor a defesa de sua honradez? A questão, apenas a questão lhe importava. Eu, no entanto, a traí porque não a compreendi, porque não a julguei corretamente, porque não tinha sensibilidade para ela. Ela estava muitíssimo acima de minha compreensão. Ele estava sentado diante de mim e me fitava calmamente com seu rosto velho e enrugado, mas essa era apenas sua opinião. Contudo não era certo dizer que ele se importava somente com a questão em si, ele era até mesmo bastante ambicioso e queria também ganhar dinheiro, o que era bem compreensível em vista de sua numerosa família. Mesmo assim, meu interesse pela questão lhe parecia comparativamente tão pequeno que acreditava poder situar-se como alguém completamente desinteressado, sem que dissesse uma inverdade muito grande. E realmente não bastaria nem mesmo para minha própria satisfação se me dissesse que a reprovação do homem, no fundo, atribuía-se apenas ao fato de ele segurar sua toupeira, de certa forma, com ambas as mãos, e chamar qualquer um que tentasse se aproximar dela, mesmo que apenas com um dedo, de traidor. Não era assim, seu comportamento não podia ser explicado pela avareza, pelo menos não somente pela avareza, mas sim pela irritação que seu grande esforço e seu completo fracasso tinham despertado nele. Mas tampouco a irritação explicava tudo. Talvez meu interesse pela questão fosse realmente muito pequeno, em estranhos a falta de interesse já era algo comum para o professor, ele sofria de maneira geral com isso, mas não mais profundamente, aqui, no entanto, surgiu finalmente alguém que abraçava a questão de forma extraordinária, e mesmo este não a compreendia. Agora empurrado para essa direção, não quero negar. Não sou zoólogo, talvez houvesse me exaltado até o último fio de cabelo com esse caso se eu mesmo o tivesse descoberto, mas não o descobri. Uma toupeira tão gigantesca certamente é uma coisa notável, mas ninguém pode exigir por isso a atenção constante do mundo todo, principalmente quando a existência da toupeira não foi comprovada de forma totalmente inquestionável e ela não pode ser exibida de qualquer modo. E eu também admiti que provavelmente nunca teria me engajado tanto pela toupeira, mesmo que tivesse sido eu mesmo o seu descobridor, como o fiz pelo professor com prazer e voluntariamente.

Assim, provavelmente a discordância entre mim e o professor logo teria se desvanecido se meu texto tivesse tido sucesso. Mas justamente esse sucesso não ocorreu. Talvez ele não fosse bom, não tenha sido escrito de forma suficientemente convincente, eu sou um homem de negócios, para mim, a escrita de um texto como esse talvez ultrapasse minhas limitações muito mais do que para o professor, mesmo assim, no entanto, superei o professor em todos os conhecimentos necessários para tanto. O insucesso também podia ser interpretado de outra maneira, talvez o momento da publicação tenha sido desfavorável. A descoberta da toupeira, que não conseguira lograr, por um lado ainda não era tão antiga que as pessoas a houvessem esquecido completamente tendo sido surpreendidas pelo meu texto, mas por outro lado já havia se passado tempo suficiente para que o pouco interesse que existira originalmente se esgotasse totalmente. Aqueles que chegaram a refletir sobre meu texto diziam, com uma espécie de desconsolo que já dominara essa discussão há anos, que agora certamente se iniciariam esforços inúteis por essa questão tediosa, e alguns até mesmo confundiam meu texto com o do professor. Em uma revista de agricultura bastante conhecida foi feita a seguinte observação, felizmente apenas no final, e em letras pequenas: "O texto sobre a toupeira gigante nos foi enviado novamente. Nós nos lembramos de já termos rido muito dele há anos. Ele não se tornou mais inteligente desde então e nós não nos tornamos mais burros. Mas não podemos rir pela segunda vez. Pelo contrário, perguntamos às nossas associações de professores se um professor aldeão não consegue achar outra ocupação mais útil do que perseguir toupeiras gigantes". Uma confusão imperdoável! Eles não tinham lido nem o primeiro nem o segundo texto, e as duas expressões miseráveis, toupeira gigante e professor aldeão, fisgadas na pressa, tinham sido suficientes para aqueles senhores entrarem em cena como representantes de interesses reconhecidos.

Certamente nós poderíamos ter tomado diversas providências contra esse evento, mas a falta de entendimento com o professor impediu-me de fazê-lo. Na verdade, eu tentei manter a revista em segredo, para que ele não soubesse do ocorrido, pelo tempo que me foi possível. Mas ele logo a descobriu, eu já percebi pela observação em uma carta na qual anunciou que me visitaria no feriado de Natal. Ele escreveu: "O mundo é mau e nós o ajudamos a sê-lo", com o que queria dizer que eu pertencia ao mundo mau e não me contentava apenas com a maldade que existia dentro de mim, mas ainda o ajudava, ou seja, ajo para trazer à tona a maldade geral e ajudá-la a vencer. Assim, eu já tinha tomado as decisões necessárias, pude esperá-lo com calma e observar tranquilo como ele chegou, cumprimentou-me, inclusive menos polidamente do que de costume, sentou-se calado diante de mim, tirou a revista cuidadosamente do bolso do peito de seu paletó, peculiarmente forrado, e a colocou aberta diante de mim.

— Eu já a conheço — disse eu, e empurrei a revista de volta sem lê-la.

— O senhor a conhece — disse ele, suspirando. Ele tinha o velho hábito de professor de repetir as respostas alheias.

— Eu naturalmente não vou aceitar isso sem defesa — ele continuou, bateu agitado o dedo na revista, olhando para mim com severidade, como se eu fosse da opinião contrária. Ele certamente tinha alguma ideia do que eu queria dizer; também acredito ter percebido, não tanto em suas palavras como em outros sinais, que ele com frequência tinha uma percepção correta de minhas intenções, mas nunca a admitiu e se deixava distrair dela. Aquilo que eu lhe disse na época, posso repetir quase literalmente, já que anotei logo após nossa conversa.

— Fazei o que quiserdes — disse eu —, nossos caminhos se separam a partir de hoje. Acho que isso não vos é inesperado e tampouco inadequado. A nota nesta revista não motivou minha decisão, ela simplesmente a confirmou definitivamente. O motivo real está no fato de que eu originalmente acreditei poder ajudar-vos com minha intervenção, sendo que agora tenho de perceber que vos prejudiquei em todos os sentidos. Por que as coisas tomaram esse rumo eu não sei, os motivos do sucesso e insucesso são sempre ambíguos, não buscai sempre as interpretações contra minha pessoa. Pensai em vós, também tivestes as melhores intenções e, mesmo assim, insucesso quando se observa o todo. Isso não é um gracejo, pois vai contra minha própria pessoa quando digo que inclusive a ligação comigo infelizmente também é um de vossos insucessos. O fato de agora me afastar dessa questão não é covardia ou traição. Preciso, também, de disciplina para tanto; o quanto considero vossa pessoa pode-se depreender de meu texto; vós vos tornastes, de certa forma, como um professor para mim e quase me afeiçoei até mesmo à toupeira. Mesmo assim, retiro-me, vós sois o descobridor e mesmo querendo demonstrar isso, sempre impeço que a possível fama chegue a vós, enquanto atraio o insucesso e o transfiro para vós. Pelo menos essa é vossa opinião. Basta. A única penitência que posso imputar à minha pessoa é vos pedir perdão e, se exigirdes, repetir a confissão que vos faço aqui também publicamente, por exemplo, nesta revista.

Essas foram minhas palavras à época, elas não foram completamente sinceras, mas era fácil extrair a sinceridade presente nelas. Meu discurso teve sobre ele o efeito semelhante ao que eu já esperara. A maioria das pessoas idosas tem em seu ser certo impulso ilusório, mentiroso, em relação aos mais jovens, nós vivemos tranquilamente ao seu lado, acreditamos que a relação está assegurada, conhecemos as opiniões dominantes, percebemos continuamente ratificações da paz, consideramos tudo muito natural e, repentinamente, quando algo decisivo ocorre e a tranquilidade durante tanto tempo preparada deveria ter seu efeito, as pessoas idosas sublevam-se como estranhos, têm opiniões mais profundas e fortes, desfraldam somente agora verdadeiramente suas bandeiras nas quais lemos, horrorizados, o novo lema. Esse horror se deve principalmente ao fato de que aquilo que os velhos agora dizem é realmente muito mais justo, mais sensato e, como se tivesse havido uma progressão do que era natural, ainda mais natural. Porém, a insuperável mentira nisso é o fato de que aquilo que agora dizem eles no fundo sempre disseram, mas nunca pôde ser antecipado de maneira geral. Eu devia ter penetrado muito profundamente nesse professor aldeão, já que ele não me surpreendeu tanto naquele momento.

– Menino – ele disse, pousou sua mão sobre a minha e a esfregou amigavelmente –, de onde tivestes, afinal, a ideia de vos envolverdes com essa questão? Logo que soube do fato pela primeira vez, conversei com minha esposa a respeito.

Ele se distanciou da mesa, abriu os braços e olhou para o chão, como se ali estivesse sua mulher, minúscula, e ele falasse com ela:

– Tantos anos – eu disse a ela – nós lutamos sozinhos, mas agora parece que na cidade um grande benfeitor está do nosso lado, um homem de negócios da cidade chamado assim e assim. Agora devíamos nos alegrar, não? Um homem de negócios da cidade não significa pouco, se um camponês desmazelado acredita em nós e diz isso a todos, isso não pode nos ajudar, pois o que um camponês faz é sempre rude, seja se disser: o velho professor da aldeia tem razão, ou se, por exemplo, ele escarra de forma imprópria, ambas as reações têm o mesmo efeito. E se, em vez do único camponês, dez mil camponeses se levantarem, então possivelmente o efeito será ainda pior. Um empresário da cidade é outra coisa, um homem assim tem contatos, mesmo o que ele diz apenas *en passant* se espalha por amplos círculos, novos benfeitores dedicam-se à questão, um deles, por exemplo, diz: nós também podemos aprender algo com o professor da aldeia, e no dia seguinte uma multidão de pessoas já fala sobre o assunto em sussurros, das quais, pela sua aparência exterior, nós nunca imaginaríamos algo assim. Então surgem recursos financeiros para a questão, um deles coleta e os outros lhe entregam o dinheiro na mão, as pessoas acham que o professor da escola da aldeia devia ser tirado de lá, as pessoas vêm, não se importam com sua aparência, colocam-no no centro de tudo e, como a esposa e os filhos dependem dele, levam-nos juntos também. Você já observou as pessoas da cidade? Há um chilrear ininterrupto. Se uma série delas se junta, então o chilreado caminha da direita para a esquerda, volta, e para cima e para baixo. E assim elas nos levantam chilreando até o carro, nós quase não temos tempo de acenar para todos. O senhor no banco dianteiro da carruagem ajeita o pincenê, estala o chicote e nós partimos. Todos acenam para o vilarejo em despedida, como se nós ainda estivéssemos lá e não ali sentados no meio deles. Da cidade vêm algumas carruagens em nossa direção com pessoas especialmente impacientes. Quando nos aproximamos, elas se levantam de seus assentos e se esticam para nos ver. Aquele que recolhera o dinheiro organiza tudo e pede calma. Já existe uma grande fileira de carruagens quando entramos na cidade. Achamos que os cumprimentos já tinham acabado, mas eles só começam então diante da estalagem. Na cidade, várias pessoas normalmente se aglomeram em reação a um chamado. Aquilo que interessa a um logo passa a interessar a todos os outros. Eles usurpam as opiniões dos outros com o ar que respiram e se apropriam delas. Nem todas as pessoas podem vir de carruagem, elas esperam diante da estalagem. Outros poderiam fazê-lo, mas não o fazem por autoconsciência. Esses também esperam. É impressionante como aquele que coletara o dinheiro mantém o controle de tudo.

Eu o escutei calmamente, sim, fui me tornando cada vez mais calmo durante sua fala. Sobre a mesa, havia acumulado todos os exemplares do meu texto, tantos quantos ainda possuía. Faltavam apenas muito poucos, pois nos últimos tempos eu solicitara, por meio de uma circular, a devolução de todos os exemplares enviados e recebera a maioria deles. Muitos, aliás, me escreveram educadamente que nem mesmo se lembravam de ter recebido um texto assim, e que, caso ele realmente tivesse chegado a eles, infelizmente deviam tê-lo perdido. Assim estava bem, no fundo, eu não queria nada mais que aquilo. Apenas um me perguntou se poderia ficar com o texto como curiosidade e comprometeu-se, em respeito à minha circular, a não mostrá-lo para ninguém durante os próximos vinte anos. Essa circular o professor aldeão ainda nem vira, alegrei-me por suas palavras me tornarem tão fácil mostrá-la a ele. Todavia, poderia fazê-lo de qualquer forma sem me preocupar, pois fora bastante cauteloso em sua redação e nunca deixara de considerar o interesse do professor da aldeia e sua questão. As frases principais da circular eram as seguintes: "Eu não solicito a devolução do texto por estar em desacordo com a opinião expressa nele, ou porque o considere em algumas partes incorreto ou incomprovável. Meu pedido tem motivos meramente pessoais, porém urgentes, sendo que não permite que se tire nenhuma conclusão a respeito de minha postura em relação à questão. Peço que atentem especialmente a esse fato e, se desejarem, também o divulguem".

Enquanto isso, eu ainda escondia a circular com minhas mãos, e disse:

– Quereis censurar-me porque as coisas não se deram assim? Por que quereis fazê-lo? Não tornemos amarga nossa separação. E esforçai-vos, finalmente, por reconhecer que realmente fizestes uma descoberta, mas que essa descoberta não transcende todas as outras coisas e que, por conseguinte, tampouco a injustiça que vos foi feita é uma injustiça transcendente. Eu não conheço os costumes das sociedades intelectualizadas, mas não acredito que vos seria preparada uma recepção, mesmo no caso mais promissor, que se aproximasse minimamente daquela que descrevestes à vossa pobre esposa. Se eu próprio tive alguma expectativa quanto ao efeito do texto, então acreditei que talvez um professor universitário pudesse se interessar pelo vosso texto e então incumbisse algum jovem estudante de investigar a questão. Que esse estudante viajaria até vós e analisaria a vossa e as minhas pesquisas e que ele afinal, caso o resultado lhe parecesse digno de ser mencionado – e aqui devemos lembrar que todo estudante é cheio de dúvidas –, publicaria seu próprio texto no qual aquilo que descrevestes seria cientificamente fundamentado. Contudo, mesmo que essa expectativa se concretizasse, não teríamos conseguido muita coisa. O texto do estudante, o qual defenderia um caso tão singular, poderia ser ridicularizado. Vedes aqui, no exemplo da revista de agricultura, com que facilidade isso pode ocorrer, e revistas científicas são, nesse sentido, ainda mais brutais. O que é compreensível, pois professores universitários carregam uma grande responsabilidade para consigo mesmos, diante da ciência e da posteridade, eles não podem logo ufanar-se de qualquer nova descoberta. Nós, outros, estamos em vantagem em relação a eles. Mas vou desconsiderar essa possibilidade e agora supor que o texto do estudante tivesse obtido sucesso. O que teria acontecido, então? Vosso nome certamente teria sido citado com honras, e isso provavelmente também teria ajudado vossa posição, as pessoas teriam dito: "Nossos professores aldeões estão alertas", e esta revista teria de se desculpar publicamente convosco, teria surgido também um professor universitário benévolo para vos providenciar uma bolsa de estudos, e é realmente também possível que as pessoas tivessem tentado levá-lo para a cidade, conseguir-vos uma vaga em uma escola primária municipal oferecendo-vos, assim, a oportunidade de utilizar a ajuda científica, disponível na cidade para a continuação de vossos estudos. Se eu, contudo, puder ser franco, devo dizer que acho que as pessoas teriam apenas tentado. As pessoas vos teriam chamado até aqui, vós teríeis vindo, mas como um peticionário comum, assim como há centenas deles sem nenhuma recepção festiva. As pessoas teriam conversado convosco, teriam reconhecido vossa sincera ambição, teriam, porém, percebido ao mesmo tempo que sois um homem idoso, que o início de um estudo científico nessa idade não é promissor e principalmente que chegastes à vossa descoberta mais por acaso que de forma planejada e sem a intenção de continuar vosso trabalho além desse caso único. As pessoas teriam, então, por esses motivos, vos deixado no vilarejo. Vossa descoberta, porém, teria sido continuada, pois ela não é tão diminuta que, uma vez reconhecida, pudesse ser esquecida um dia. Mas vós não teríeis sabido muito a respeito dela e aquilo que houvésseis sabido, mal teríeis compreendido. Toda descoberta é logo encaminhada para as ciências e, com isso, de certa forma, deixa de ser descoberta. Ela é engolida pelo todo e desaparece, é preciso ter um olhar cientificamente treinado para ainda poder reconhecê-la. Ela logo é associada a princípios fundamentais de cuja existência nós mal ouvimos falar, e nas discussões científicas é disputada por esses princípios até o grau máximo. Como podemos compreender isso? Quando ouvimos uma discussão como essa, achamos, por exemplo, que se trata de uma descoberta, mas nesse meio-tempo já se trata de outras coisas completamente diferentes.

– Então está bem – disse o professor da aldeia, pegou seu cachimbo e começou a enchê-lo de tabaco que levava solto em seus bolsos –, vós vos dedicastes voluntariamente à ingrata questão e vos retirais agora voluntariamente. Está tudo muito bem.

– Não sou teimoso – disse eu. – Tendes talvez alguma objeção a fazer à minha sugestão?

– Não, nenhuma – disse o professor da aldeia, e seu cachimbo já fumegava. Eu não suportava o cheiro de seu tabaco, por isso me levantei e comecei a caminhar pela sala. Eu já estava acostumado, pelas conversas anteriores, a que o professor ficasse muito calado diante de minha pessoa e que, uma vez que viera, não quisesse mais se retirar de meus aposentos. Algumas vezes isso já me causara grande estranheza, ele quer algo de mim, eu sempre pensava então e lhe oferecia dinheiro, o qual ele regularmente aceitava. Mas ele sempre partira apenas quando lhe aprouvera. Normalmente o cachimbo então já havia se apagado, ele dava uma volta na cadeira, a qual empurrava para perto da mesa respeitosa e ordenadamente, pegava sua bengala nodosa, apertava minha mão com entusiasmo e partia. Hoje, porém, justamente sua presença calada me importunava. Se uma pessoa oferece a alguém a despedida definitiva, como eu o fizera, e esta é aceita pelo outro como acertada, então esse alguém termina o mais rápido possível aquilo que deve ser resolvido em conjunto e não sobrecarrega o outro desnecessariamente com sua muda presença. Se víssemos o pequeno e tenaz ancião pelas costas, assim como estava sentado à minha mesa, poderíamos achar que não seria possível de forma alguma tirá-lo daquele aposento.

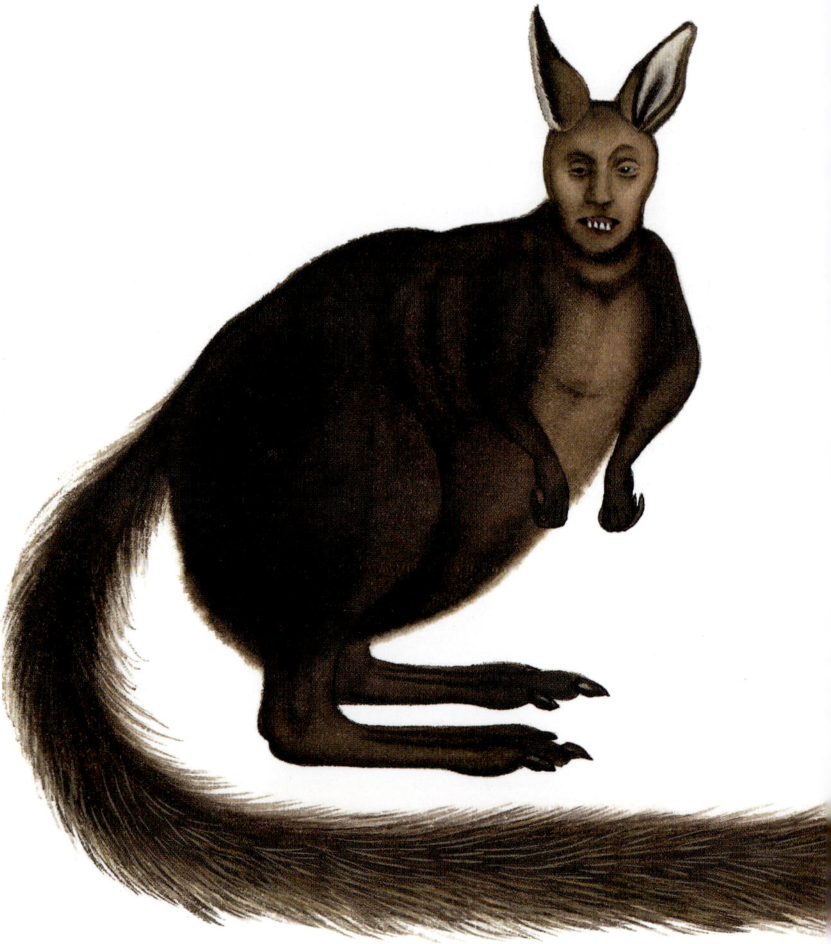

O ANIMAL

É o animal com a grande cauda, uma cauda raposina com vários metros de comprimento. Eu gostaria muito de segurar a cauda uma vez na mão, mas é impossível, ele está constantemente em movimento, a cauda é constantemente lançada para um lado e para outro. O animal é da espécie dos cangurus, mas não característico na cara quase humanamente achatada, pequena e oval, apenas seus dentes são expressivos, seja quando os esconde ou arreganha. Às vezes tenho a sensação de que o animal quer me domar. Qual seria, senão esse, o motivo para ele puxar seu rabo quando tento pegá-lo e depois tornar a esperar calmamente até me atrair de novo e voltar a pular para longe?

VIZINHO DE QUARTO

Toda noite, faz uma semana, meu vizinho de quarto vem lutar comigo. Eu não o conhecia e até agora nunca conversei nada com ele. Nós apenas trocamos alguns bramidos, os quais não se pode chamar de "conversa". Com "então" a luta é iniciada, "patife" geme às vezes um sob o golpe do outro, "agora" acompanha um chute inesperado, "pare!" significa fim, mas nós sempre lutamos por um tempinho a mais. Quase sempre ele até mesmo pula da porta de volta para o quarto e me dá um empurrão que me derruba. De seu quarto ele então me grita boa noite através da parede. Eu teria, caso quisesse renunciar definitivamente a essa relação, de mudar de quarto, pois trancar a porta não serve de nada. Certa vez, tranquei (a porta) porque queria ler, mas meu vizinho a rachou ao meio com a enxada, e como ele dificilmente consegue renunciar àquilo que pôs na cabeça, até eu fui ameaçado pela enxada. Eu sei me adaptar. Como ele sempre vem a determinada hora, eu me proponho a um trabalho simples que, se necessário, possa interromper imediatamente. Eu preciso me organizar assim, pois, ele mal surge à porta, tenho de deixar tudo de lado, já que ele só quer lutar, nada mais. Se estou me sentindo forte, provoco-o um pouco tentando me esquivar dele primeiro. Rastejo por baixo da mesa, jogo-lhe cadeiras diante dos pés, pisco para ele de longe, apesar de ser naturalmente de mau gosto fazer esse tipo de gracejo, que permanece unilateral, com um estranho. Mas quase sempre nosso corpo logo se une para a batalha. Aparentemente, ele é um estudante universitário, estuda o dia inteiro e, à noite, antes de dormir, ainda quer se movimentar um pouco. Assim, ele encontra em mim um bom adversário, eu talvez seja, se desconsiderarmos um reverso do destino, o mais forte e hábil de nós dois. Ele, porém, é mais persistente.

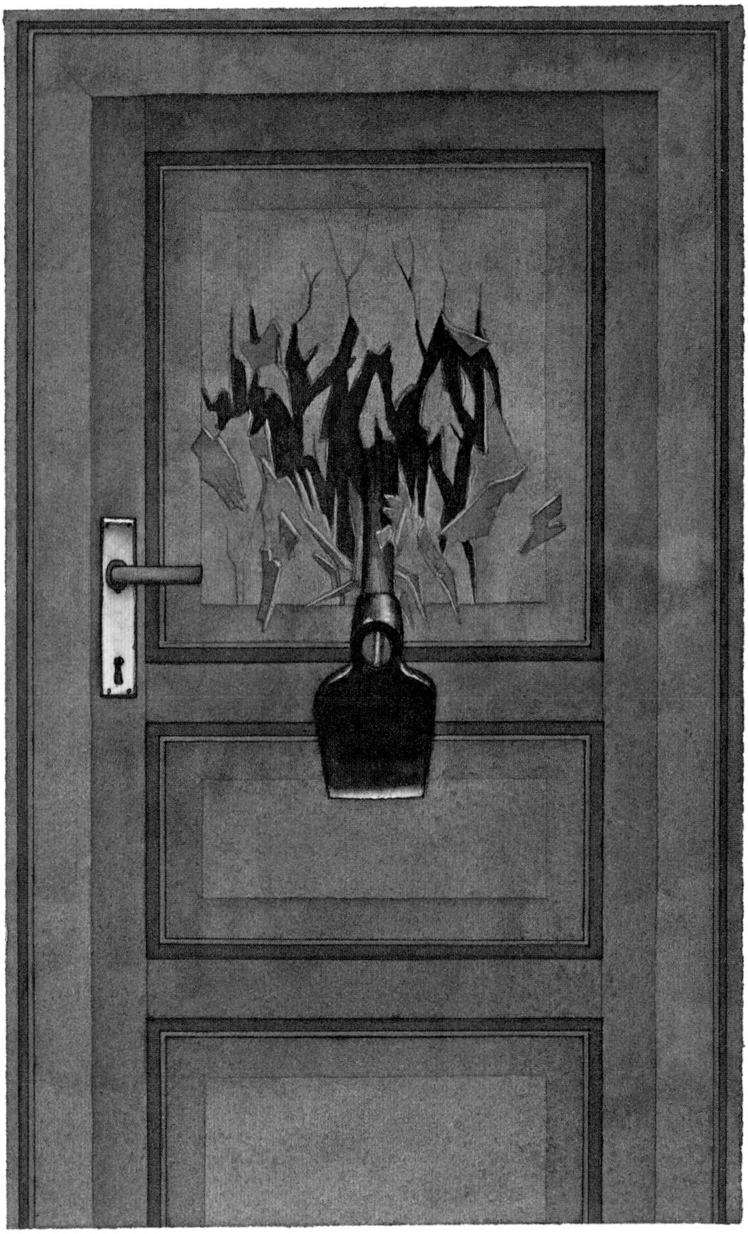

Certa vez, ele trouxe consigo uma moça. Enquanto eu a cumprimentava, não atentei a ele, que pulou em cima de mim e me lançou nas alturas.

– Eu protesto! – exclamei, elevando a mão.

– Cale-se – sussurrou ele em meu ouvido.

Percebo que ele queria vencer a qualquer preço, mesmo com golpes vergonhosos, para brilhar diante da moça.

– Ele me disse "Cale-se", por isso gritei – a cabeça voltada para a moça.

– Oh, sujeito perverso – o homem gemeu baixinho, ele gastara comigo toda sua força.

Mas, mesmo assim, (ele) ainda me arrastou até o canapé, deitou-me sobre ele, ajoelhou-se sobre minhas costas, aguardou o retorno da fala e disse:

– Pronto, aí jaz ele.

"Ele que tente mais uma vez", eu quis dizer, mas, já após a primeira palavra, ele apertou meu rosto com tanta força contra o estofado que tive de me calar.

– Agora bem – disse a moça que havia se sentado à minha mesa e passava os olhos por uma carta iniciada que ali estava. – Nós não vamos embora? Ele acabou de iniciar uma carta.

– Ele não vai continuá-la quando nós sairmos. Vem aqui. Segura, por exemplo, aqui na coxa, ele está tremendo como um animal doente.

– Estou dizendo, deixa-o e vem.

Bastante contrariado, o homem se arrastou de cima de mim. Eu poderia esbofeteá-lo agora, pois estava descansado, mas ele tinha todos os músculos retesados, prontos para me acachapar. Ele estava tremendo e acreditara que eu tremia. E, aliás, ainda tremia. Mas o deixei em paz porque a moça estava presente.

– A senhorita provavelmente já deve ter feito seu próprio julgamento sobre essa luta – eu disse à moça, passei por ela com uma reverência e sentei-me à mesa para continuar a carta. – Quem está tremendo, então? – perguntei antes de começar a escrever e levantei a caneta ereta no ar, para provar que não era eu. Enquanto escrevia, gritei para os dois, quando já estavam na porta, um curto adeus, mas bati um pouco o pé, para indicar pelo menos para mim mesmo a despedida que provavelmente ambos teriam merecido.

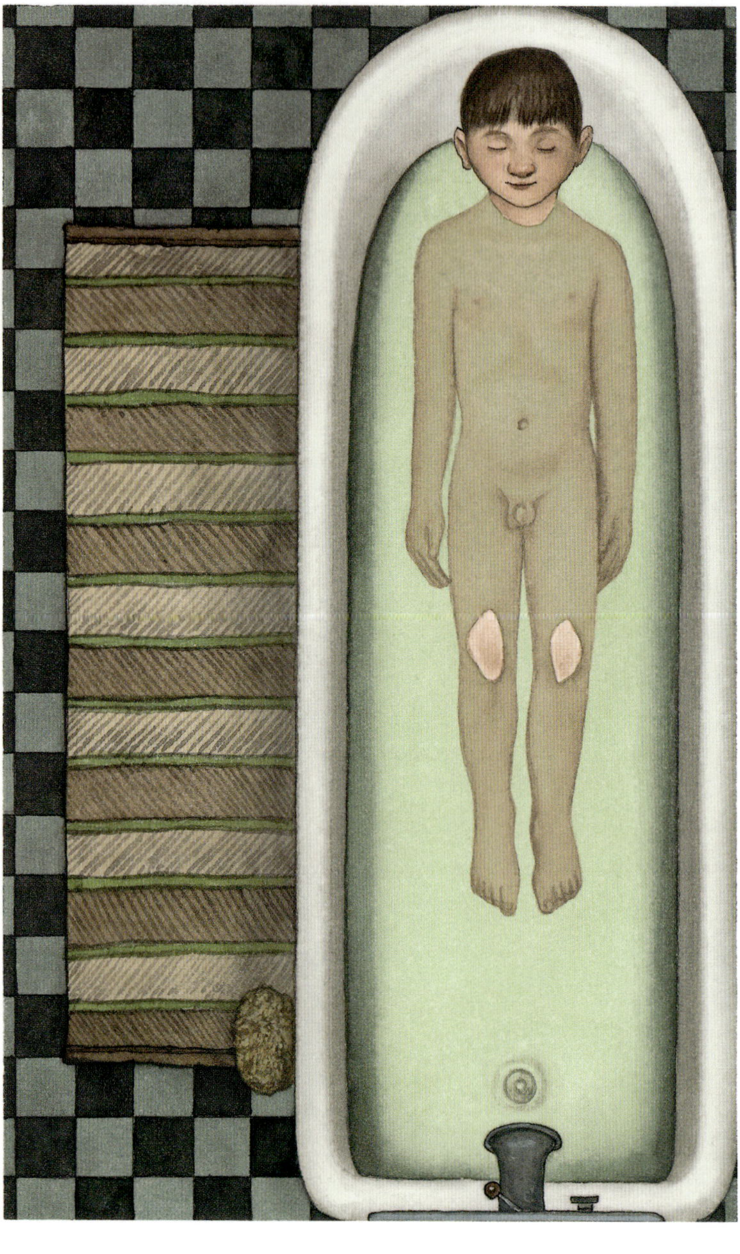

UM PEQUENO MENINO estava deitado na banheira. Era o primeiro banho no qual, segundo um antigo desejo seu, nem a mãe nem a ama estavam presentes. A fim de atender à ordem da mãe, que vez por outra lhe gritava alguma coisa do quarto contíguo, ele se esfregara ligeiramente com a esponja; então se esticara e deliciava-se com a imobilidade na água quente. A chama do aquecedor a gás zunia regularmente e, nele, o fogo evanescente crepitava. No quarto contíguo estava tudo quieto já havia bastante tempo, talvez a mãe houvesse se afastado.

NO CAMAROTE

Estava sentado no camarote e, ao meu lado, minha esposa. Apresentava-se uma peça estimulante que tratava de ciúmes. Naquele momento, um homem em um salão iluminado, circundado por colunas, elevou um punhal na direção de sua esposa que se dirigia lentamente para a saída. Tensos, nos curvamos sobre o parapeito, senti em minha têmpora o cabelo encaracolado de minha esposa. Nesse momento, estremecemos e recuamos, algo se moveu sobre o parapeito; aquilo que acháramos ser seu forro de veludo eram as costas de um homem comprido e magro, o qual, tão delgado quanto o parapeito, estivera até então ali deitado de bruços e agora se virava lentamente, como se buscasse uma posição mais confortável. Minha esposa segurou-se em mim, trêmula. Bem próximo de mim estava o rosto dele, menor que minha mão, escrupulosamente limpo como uma figura de cera, com uma barba preta, aparada em ponta no queixo.

— Por que o senhor nos assusta? — exclamei. — O que o senhor está fazendo aqui?

— Perdão! — disse o homem. — Eu sou um admirador de sua esposa; sentir os cotovelos dela sobre meu corpo me faz feliz.

— Emil, eu te peço, protege-me — exclamou minha esposa.

— Também eu me chamo Emil — disse o homem, apoiou a cabeça sobre uma mão e ficou ali deitado, como em um divã. — Vem para mim, meu docinho.

— Seu canalha — eu disse —, se disser mais uma palavra, o senhor vai parar lá embaixo ao rés do chão.

E como estava certo de que esta última palavra seria dita, já quis empurrá-lo para baixo. Mas isso não era muito fácil, pois ele parecia fazer parte do parapeito, estava como que incrustado, eu quis rolá-lo, mas não consegui, ele apenas riu e disse:

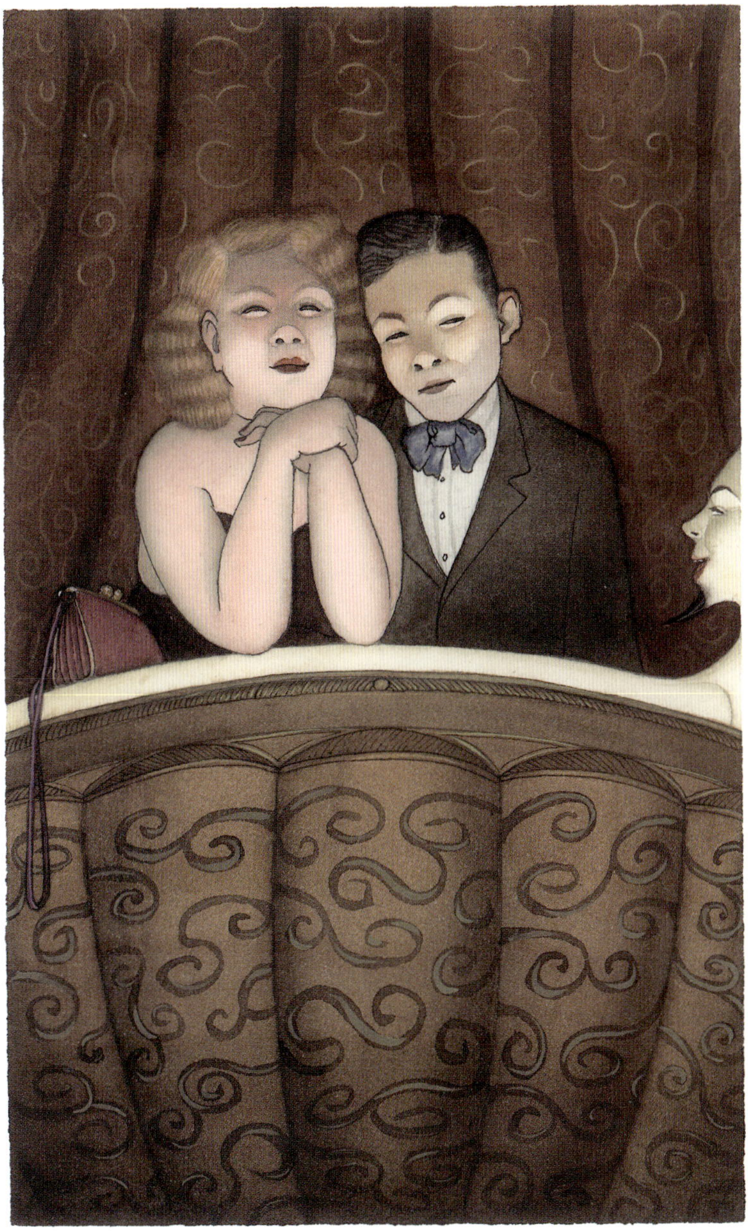

– Deixa disso, seu tonto, não gasta tuas forças antecipadamente, a batalha ainda vai começar e, por sinal, vai terminar com tua mulher saciando meu desejo.

– Jamais! – bradou minha esposa e voltou-se para mim. – Vamos, por favor, empurra-o logo para baixo.

– Eu não consigo – exclamei. – Tu vês como estou me esforçando, mas há aqui algum logro que não me deixa fazê-lo.

– Oh, céus, oh, céus – choramingou minha esposa –, o que será de mim?

– Fica quieta – eu disse –, eu te peço, com tua agitação só agravas a situação, eu tenho agora um novo plano, vou cortar o veludo com minha faca e então jogo tudo com o sujeito lá para baixo.

Mas não consegui encontrar minha faca.

– Sabes onde está minha faca? – perguntei.

– Será que a deixei em meu sobretudo?

Eu já queria correr até a chapelaria, quando minha esposa me trouxe à razão.

– Agora queres me deixar sozinha, Emil? – ela bradou.

– Mas se não tenho minha faca – exclamei de volta.

– Pega a minha – disse ela, procurando com os dedos trêmulos em sua pequena bolsa, mas então, naturalmente, tirou de lá apenas uma minúscula faquinha de madrepérola.

DUAS MULHERES GORDAS

– Em que se baseia teu poder?
– Tu me consideras poderoso?
– Eu te considero muito poderoso e quase tanto quanto teu poder, admiro a reserva, o desprendimento com o qual o exerces ou, mais ainda, a determinação e convicção com as quais exerces esse poder contra ti mesmo. Tu não te manténs apenas reservado, tu até mesmo te antagonizas. Não pergunto os motivos pelos quais o fazes, estes são de tua mais exclusiva propriedade, pergunto apenas pela origem de teu poder. Acredito ter o direito de fazê-lo pelo fato de ter reconhecido esse poder como até agora poucos conseguiram e de sentir a simples ameaça dele – ele hoje não é mais do que isso em consequência de teu autocontrole – como algo irresistível.
– Tua pergunta posso responder facilmente: meu poder se baseia em minhas duas mulheres.
– Em tuas mulheres?
– Sim. Tu as conheces, não?
– Referes-te às mulheres que vi ontem em tua cozinha?
– Sim.
– As duas mulheres gordas?
– Sim.
– Aquelas mulheres. Mal prestei atenção a elas. Elas pareciam, me perdoa, duas cozinheiras. Mas não estavam totalmente limpas, estavam vestidas de forma desleixada.
– Sim, são elas.
– Bem, se o dizes, acredito sem pestanejar, só que agora és para mim ainda mais incompreensível do que antes, quando eu ainda não sabia das mulheres.

– Mas não há mistério, está tudo muito claro, vou tentar te contar. Eu vivo, portanto, com essas mulheres, tu as viste na cozinha, mas elas cozinham apenas raramente, a comida quase sempre é buscada no restaurante em frente, uma vez a Resi busca, outra vez a Alba. Na verdade, ninguém tem nada contra cozinharmos em casa, mas é muito difícil, porque as duas não se dão, ou melhor, elas se dão muito bem, mas somente quando vivem quietas lado a lado. Elas podem, por exemplo, ficar deitadas durante horas sem dormir lado a lado no estreito canapé, o que não é pouco devido à sua gordura. Mas no trabalho elas não se dão, imediatamente surge a dis-

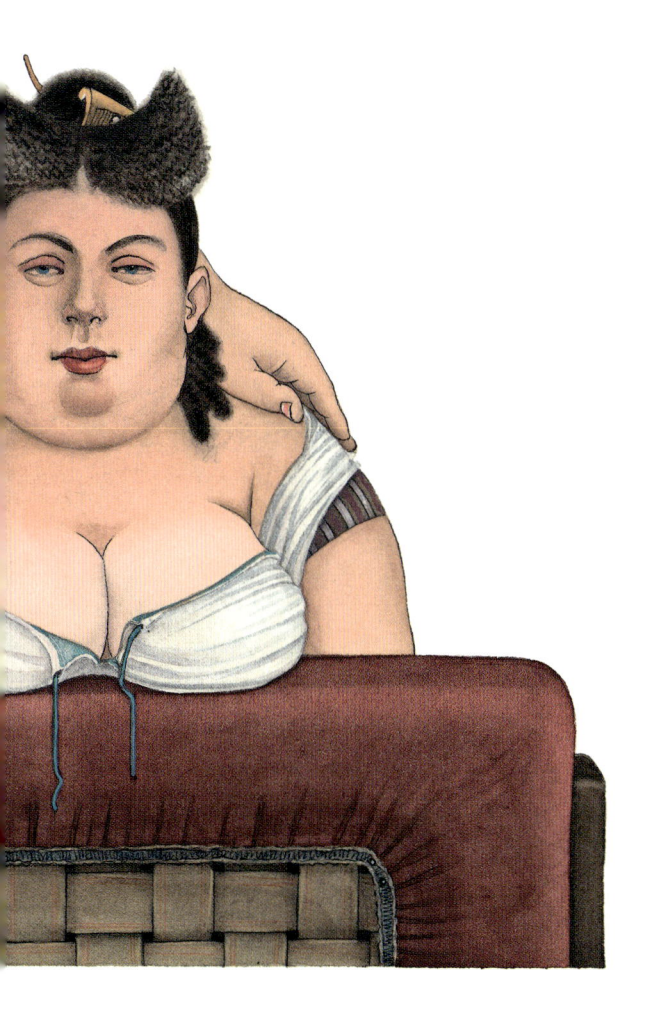

cussão e, da discussão, logo tapas. Por isso nós chegamos ao consenso – elas são muito acessíveis a uma conversa razoável – de que se trabalhe o menos possível. Isso, aliás, está também de acordo com sua natureza. Elas acreditam, por exemplo, ter arrumado a casa muito bem, sendo que, porém, ainda está tão suja que já me enojo ao dar o passo para ultrapassar a soleira da porta. Mas uma vez dado o passo, acostumo-me facilmente.

Com o trabalho foi eliminada qualquer razão para briga, principalmente o ciúme lhes é totalmente desconhecido. De onde viria o ciúme, afinal? Eu mal diferencio uma da outra. Talvez o nariz e os lábios de Alba tenham traços um pouco mais negroides do que os de Resi, mas às vezes me parece que é justamente o contrário. Talvez Resi tenha um pouco menos de cabelo que Alba – na verdade, ela já tem uma quantidade extremamente pequena de cabelos –, mas eu presto atenção a isso? Insisto em que mal as diferencio.

Além disso, eu também só chego em casa do trabalho à noite, durante o dia só as vejo por período mais longo aos domingos. Assim, eu chego tarde, já que depois do trabalho gosto de perambular sozinho pelo mais longo período possível. Por economia, não acendemos as luzes à noite. Eu realmente não tenho dinheiro para isso, o sustento das mulheres, que na verdade são capazes de comer ininterruptamente, consome todo o meu salário. Toco a campainha, então, já noite na casa escura. Ouço como as duas mulheres vêm ofegantes até a porta. Resi, ou Alba, diz: "É ele", e ambas começam a ofegar ainda mais intensamente. Se, em vez de mim, um estranho estivesse ali, ele poderia se amedrontar com o barulho.

Então elas abrem a porta e eu, mal uma fresta da porta foi aberta, costumeiramente faço o gracejo de me enfiar para dentro e abraçar as duas ao mesmo tempo pelo pescoço. "Ah, tu", diz uma, isso quer dizer: "Tu és tão inacreditável", e ambas riem produzindo um som gutural profundo. Elas agora só se ocupam de mim e mais nada e, se eu não desenlaçasse minha mão das duas e fechasse a porta, ela ficaria aberta a noite inteira.

Então, sempre o percurso pela antessala, esse percurso de alguns passos de comprimento e quartos de hora de duração, pelo qual elas quase me carregam. Eu realmente estou cansado após o dia nada fácil e pouso a cabeça uma vez sobre o ombro macio de Resi, outra vez sobre o de Alba. Ambas estão quase nuas, somente de camisola, assim elas ficam grande parte do dia, somente quando há uma visita anunciada, como a tua há pouco, elas vestem alguns trapos sujos.

Então nós vamos até o meu quarto e normalmente elas me empurram para dentro, sendo que elas próprias ficam de fora e fecham a porta. É um jogo, pois então elas lutam para decidir quem pode entrar primeiro. Não é, por exemplo, ciúme, não é uma luta real, apenas um jogo. Eu ouço as leves bofetadas barulhentas que elas se dão, o ofegar, que nesse momento significa verdadeira dificuldade para respirar, aqui e ali algumas palavras. Por fim, eu mesmo abro a porta e elas se lançam para dentro, fogosas, com as camisolas rasgadas e o cheiro acre de suas respirações. Nós então caímos sobre o tapete e pouco a pouco faz-se silêncio.

– E então, por que te calas?

– Eu esqueci o contexto. Como foi mesmo? Perguntaste pela origem de meu suposto poder e eu citei as mulheres. Bem, então é assim, das mulheres vem meu poder.

– Da simples convivência com elas?

– Da convivência.

– Ficastes tão calado.

– Vês, meu poder tem limites. Algo me diz para me calar. Adeus.

VINTE PEQUENOS COVEIROS

Vinte pequenos coveiros, nenhum maior que uma pinha média, formam um grupo independente. Eles têm uma cabana de madeira na floresta da montanha, ali descansam de seu pesado trabalho. Ali há muita fumaça, gritos e cantoria, como costuma ser quando vinte trabalhadores se juntam. Como essas pessoas são alegres! Ninguém os paga, ninguém lhes dá equipamentos, ninguém lhes deu uma tarefa. Por conta própria eles escolheram seu trabalho, por conta própria o executam. Ainda há o espírito do homem em nossos tempos. Nem todos se satisfariam com seu trabalho, talvez ele tampouco satisfaça essas pessoas, mas eles não desistem de uma decisão uma vez tomada, afinal, já estão acostumados a puxar as pesadas cargas através da mais densa mata. De manhã até a meia-noite dura o barulho dos festejos. Alguns contam histórias, outros cantam, há também aqueles que fumam cachimbo calados, mas todos ajudam a grande garrafa de aguardente a circular pela mesa. À meia-noite, o líder se levanta e bate na mesa, os homens tiram seus bonés dos pregos, as cordas, as pás e as enxadas do canto, organizam-se para o cortejo, sempre dois a dois.

UM CHINÊS

Velho, com grande corpulência e um leve problema cardíaco, eu estava deitado no divã após o almoço, um pé no chão, e lia uma obra histórica. A serviçal veio e anunciou, dois dedos encostados nos lábios em bico, uma visita.

– Quem é? – perguntei, irritado por ter de receber um visitante no momento em que aguardava o café da tarde.

– Um chinês – disse a serviçal e, virando-se, reprimiu forçosamente uma risada que o visitante à porta não devia ouvir.

– Um chinês? Na minha casa? Ele está usando roupas chinesas?

A serviçal acenou com a cabeça em afirmativa, ainda lutando contra a vontade de rir.

– Diz-lhe o meu nome, pergunta se ele realmente quer me visitar, eu, que já sou desconhecido na casa vizinha, que dirá o quão desconhecido sou na China então.

A serviçal esgueirou-se até mim e sussurrou:

– Ele só tem um cartão de visita, nele está escrito que pede para ser recebido. Ele não sabe alemão, fala uma língua incompreensível, tenho medo de tirar o cartão de sua mão.

– Mande-o entrar – eu exclamei e, na agitação de que muitas vezes sofria devido ao meu coração, joguei o livro no chão e amaldiçoei a inabilidade da serviçal. Levantei-me, esticando minha figura gigantesca com a qual eu provavelmente assustava todo visitante naquele cômodo de teto baixo, e fui até a porta. Realmente, o chinês mal me avistou e logo deslizou correndo para fora. Eu só cheguei ao corredor e puxei o homem cuidadosamente pelo cinto de seda para dentro de casa. Ao que tudo indica, era um intelectual, pequeno, fraco, óculos de chifre, com um cavanhaque cinza escuro, duro e esparso. Um homenzinho amável manteve a cabeça inclinada sorrindo com os olhos semicerrados.

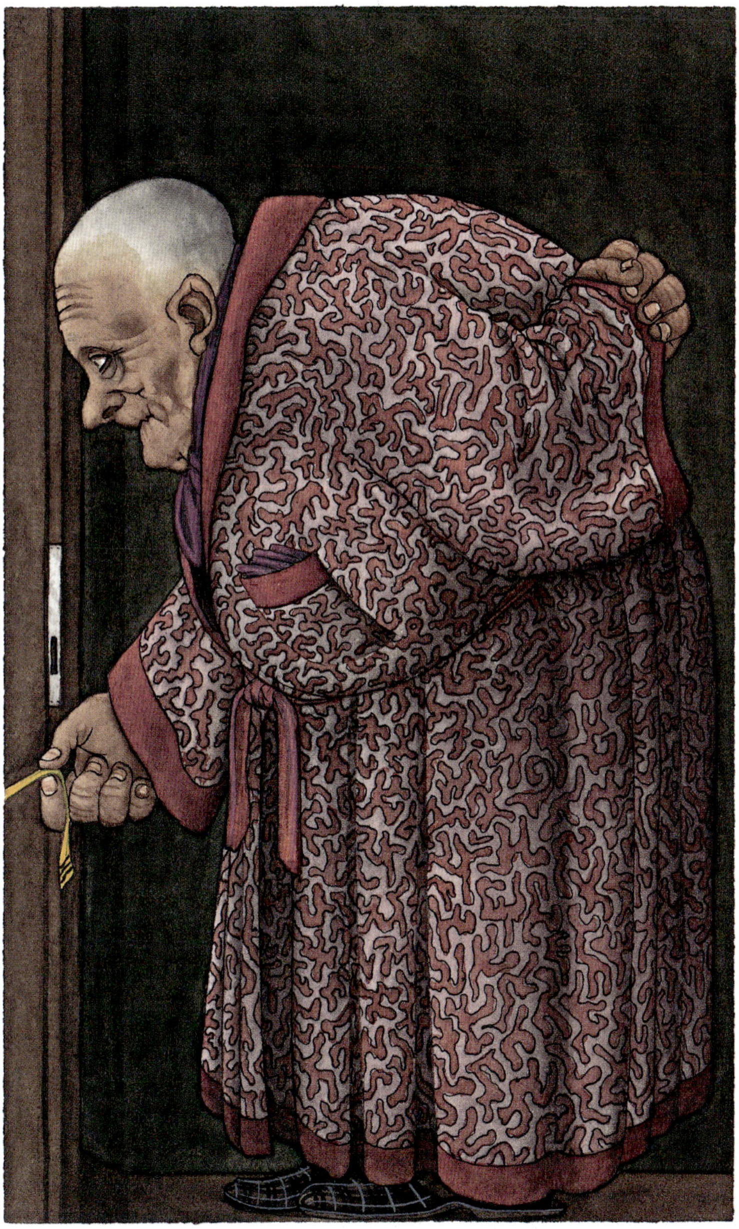

BLUMFELD

Blumfeld, um solteiro entrado em anos, subiu certa noite até seu apartamento, o que era um árduo trabalho, pois morava no sexto andar. Durante a subida, ele pensou, como o fazia frequentemente nos últimos tempos, que aquela vida totalmente solitária era bastante enfadonha, que agora tinha de subir aqueles seis andares literalmente na clandestinidade para chegar lá em cima ao seu aposento vazio, ali, mais uma vez, literalmente na clandestinidade vestir seu roupão, colocar o cachimbo na boca, ler um pouco da revista francesa que já assinava havia anos enquanto bebericava uma aguardente de cereja preparada por ele próprio e, por fim, após meia hora, ir para a cama, não sem antes ter de rearrumar completamente os lençóis que a criada, inacessível a qualquer ensinamento, sempre jogava como lhe dava na veneta. Qualquer acompanhante, qualquer espectador para essas atividades, teria sido muito bem-vindo para Blumfeld. Ele já havia cogitado arrumar um cachorrinho. Um animal assim é divertido e principalmente grato e leal; um colega de Blumfeld tem um cachorro assim, ele não se liga a ninguém, a não ser a seu dono; e, se não o vê por alguns instantes, logo o recebe com grandes latidos, com o que aparentemente quer expressar sua alegria por tê-lo reencontrado, esse benfeitor excepcional. No entanto, um cão também tem desvantagens. Mesmo quando é mantido muito asseado, ele imunda o quarto. Isso é inevitável, não podemos lavá-lo sempre com água quente antes de entrarmos com ele no quarto, sua saúde tampouco suportaria isso. Porém, Blumfeld, por sua vez, também pouco suporta sujeira em seu aposento, o asseio de seu quarto lhe é algo indispensável, várias vezes na semana ele briga com a criada, que nesse ponto, infelizmente, não é muito meticulosa. Como ela ouve mal, ele costuma puxá-la pelo braço até os locais de seu quarto onde tem alguma objeção à limpeza. Com essa severidade, conseguiu que a ordem em seu quarto correspondesse aproximadamente aos seus desejos. Com a introdução de um cachorro, ele, no entanto, levaria diretamente para dentro de seus aposentos a sujeira até então tão cuidadosamente repelida. Pulgas, acompanhantes constantes dos cães, surgiriam. Uma vez que houvesse pulgas ali, então não tardaria a chegar o momento em que Blumfeld deixaria seu confortável quarto para o cachorro e procuraria outro para si. Falta de asseio, porém, era apenas uma das desvantagens dos cachorros. Eles também ficam doentes e, na verdade, ninguém compreende as doenças caninas. Então esse animal fica encolhido em um canto ou anda mancando por aí, gane, tosse, esgoela com alguma dor, nós o enrolamos em uma coberta, assobiamos alguma coisa para ele, empurramos o pote com leite até ele, em resumo, cuidamos dele com a esperança, como é mesmo possível, de que se trate de um mal passageiro, sendo que, no entanto, pode ser uma doença grave, repugnante e contagiosa. E mesmo que o cão permaneça saudável, ele envelhece em algum momento, nós não conseguimos tomar a decisão de mandar o leal animal embora a tempo e então chega o momento em que vemos nossa própria velhice nos olhos caninos lacrimejantes. Então temos de nos atormentar com o animal meio cego, com pulmões fracos, quase imóvel por excesso de gordura e, assim, pagar caro pelas alegrias que o cachorro já nos proporcionara em outros tempos. Por mais que Blumfeld quisesse agora ter um cão, ele prefere, no entanto, continuar subindo as escadas sozinho por mais trinta anos a ser incomodado mais tarde por um velho cão que subiria degrau a degrau se arrastando ao seu lado e suspirando ainda mais alto que ele.

Assim, Blumfeld vai ficar mesmo sozinho, pois não tem, por exemplo, o mesmo desejo de uma velha solteirona que quer ter ao seu lado qualquer ser vivo submisso que possa proteger, com o qual possa ser carinhosa, o qual quer servir incessantemente, de forma que, para tanto, lhe bastam um gato, um canarinho ou mesmo peixinhos dourados. E se isso não for possível, ela se satisfaz até mesmo com flores diante da janela. Blumfeld, por sua vez, quer apenas ter um acompanhante, um animal do qual não tenha de se ocupar muito, o qual não se prejudique com um pontapé eventual, que, em uma emergência, também possa dormir na rua, mas que então, quando Blumfeld assim demandar, logo esteja disponível com latidos, saltos e lambidas de mão. Algo desse tipo é o que quer Blumfeld. Como ele, no entanto, reconhece, não pode tê-lo sem grandes desvantagens, então renuncia a essa vontade, retomando, porém, de acordo com sua natureza detalhista, de tempos em tempos, como nessa noite, essa mesma ideia.

Quando ele, lá em cima, diante de seu quarto, tira a chave do bolso, percebe um barulho que vem lá de dentro. Um barulho peculiar de estalos, muito vivaz, porém, bastante regular. Como Blumfeld acabara de pensar em cachorros, lembrou-lhe o barulho de patas batendo alternadamente no chão. Mas patas não estalam. Não são patas. Ele abre a porta com pressa e acende a luz. Para aquela visão, não estava preparado. Isso é mágica, duas pequenas bolas de celuloide listradas de azul e branco saltam sobre o assoalho para cima e para baixo; quando uma bate no chão, a outra está no ar, e elas executam seu jogo incansáveis. Certa vez, no ginasial, Blumfeld viu, durante um conhecido experimento elétrico, pequenas bolinhas pulando de forma semelhante, essas, porém, são bolas comparativamente grandes saltando no quarto livre onde nenhum experimento elétrico está sendo realizado. Blumfeld curva-se em sua direção para vê-las melhor. São, sem dúvida, bolas comuns, elas provavelmente possuem em seu interior outras bolas menores as quais produzem os estalos. Blumfeld passa a mão no ar para averiguar se não estão penduradas por algum fio. Não, elas se movimentam de forma totalmente autônoma. Pena que Blumfeld não seja uma criança, duas bolas como essa teriam sido uma alegre surpresa, enquanto agora tudo aquilo lhe dava uma impressão desagradável. Afinal, não é totalmente desvantajoso viver como um solteiro desapercebido, sempre na clandestinidade, agora alguém, não importa quem, descobrira esse fato e lhe enviara essas duas bolas estranhas para dentro de casa.

Ele quer pegar uma, mas elas se esquivam e o atraem para dentro do quarto atrás de si. "Mas é muito estúpido", ele pensa, "correr assim atrás das bolas", para e vê como elas, já que a perseguição parece ter sido abandonada, também param no mesmo instante. "Mas vou tentar pegá-las mesmo assim", ele volta a pensar e corre até elas. Imediatamente elas fogem, mas Blumfeld as pressiona, com as pernas abertas, até um canto do quarto e, diante da mala que está ali, consegue pegar uma. É uma bola pequena e fresca e gira em sua mão, ao que tudo indica, ansiosa para fugir. E a outra, como se percebesse o sofrimento de sua camarada, também passa a pular mais alto que antes, estendendo os saltos até tocar a mão de Blumfeld. Ela bate na mão, bate com saltos cada vez mais rápidos, alterna os pontos de ataque, pula então, já que não consegue fazer nada contra a mão que segura a outra bola, ainda mais alto e quer provavelmente alcançar o rosto de Blumfeld. Ele poderia pegá-la também e trancar as duas em algum lugar, mas isso lhe parece humilhante demais naquele momento, tomar tais medidas contra duas pequenas bolas. Ademais, é divertido possuir duas bolas como essas, além do que elas logo ficarão bastante cansadas, vão rolar para debaixo de um armário e lhe dar sossego. Apesar desse pensamento, Blumfeld lança a bola ao chão com uma espécie de fúria, é um milagre que o fraco invólucro de celuloide, quase transparente, não se rompa. Sem entremeios, as duas bolas retomam seus saltos baixos anteriores, combinados entre si.

Blumfeld se despe calmamente, organiza as vestes no guarda-roupa, sempre costuma conferir exatamente se a criada deixou tudo em ordem. Uma ou duas vezes, olha por cima dos ombros para as bolas que, desembaraçadas, parecem agora até mesmo persegui-lo, elas o haviam seguido e agora estão pulando bem perto, atrás dele. Blumfeld veste o roupão e quer ir até a parede oposta para pegar um dos cachimbos que ficam ali pendurados em um porta-cachimbos. Involuntariamente, antes de se virar, dá um chute para trás com um dos pés, as bolas, porém, conseguem se esquivar e não são atingidas. Quando então se encaminha até os cachimbos, as bolas logo o acompanham, ele arrasta os chinelos, dá passos irregulares, mas mesmo assim cada passada é seguida, quase sem pausa, por um estalo das bolas, elas acompanham o seu ritmo. Blumfeld vira-se inesperadamente para ver o que as bolas farão. Mas ele mal dá a volta, as bolas descrevem um semicírculo e já estão de novo atrás dele; e isso se repete tantas vezes quantas ele se vira. Como acompanhantes submissas, elas evitam ficar na frente de Blumfeld. Até então, elas aparentemente só ousaram fazê-lo para se apresentarem, mas agora já tinham iniciado seus deveres.

Até então, Blumfeld sempre havia optado, em todos os casos de exceção em que suas forças não eram suficientes para dominar uma situação, pelo recurso de agir como se nada percebesse. Isso frequentemente funcionava e quase sempre no mínimo melhorava a situação. Assim, ele agora também se comporta dessa maneira, para diante da prateleira de cachimbos, escolhe um deles com os lábios franzidos, enche-o com cuidado especial com fumo já preparado da tabaqueira e deixa despreocupado as bolas darem seus pulos atrás de si. Ele só hesita em ir até a mesa, pois ouvir o ritmo constante dos saltos e de seus próprios passos quase lhe causa dor. Assim, fica parado, enche o cachimbo durante um tempo desnecessariamente longo e avalia a distância que o separa da mesa. Finalmente, porém, supera sua fraqueza e atravessa o percurso batendo os pés de tal forma que nem ouve as bolas. Quando se senta, elas, no entanto, voltam a pular atrás de sua poltrona tão audíveis quanto antes.

Acima da mesa, ao alcance das mãos, há uma prateleira presa à parede na qual fica a garrafa com a aguardente de cereja rodeada de pequenos copos. Ao lado dela, há um monte de exemplares da revista francesa. Mas, em vez de pegar tudo o que precisa, Blumfeld fica sentado quieto e olha para o bocal do cachimbo ainda não aceso. Ele está à espreita e, de repente, de forma totalmente inesperada, seu entorpecimento acaba e ele se vira com a poltrona em um impulso. Mas as bolas também estão alertas na mesma medida ou seguem cegamente a lei que as rege: junto da virada de Blumfeld, elas também mudam de lugar e se escondem às suas costas. Agora Blumfeld está sentado de costas para a mesa, com o cachimbo frio na mão. As bolas pulam embaixo da mesa e, como ali há um tapete, não se pode ouvi-las muito. Isso é uma grande vantagem; há apenas um barulho bem fraco e abafado, é preciso prestar muita atenção para apreendê-las pela audição. Blumfeld, porém, está muito atento e as ouve perfeitamente. Mas isso é só agora, daqui a pouco, ele provavelmente não as ouvirá mais. O fato de elas poderem se fazer notar tão fracamente sobre tapetes parece a Blumfeld ser uma grande fraqueza das bolas. Nós só precisamos empurrar um ou, melhor ainda, dois tapetes para baixo delas que se tornam quase impotentes. Mas isso apenas por certo tempo e, além disso, a sua simples existência já significa certo poder.

Agora Blumfeld bem que poderia ter um cachorro, um animal assim jovem e selvagem logo daria cabo das bolas. Ele imagina como o cão bate nelas com as patas, como as expulsa de seus postos, como as persegue por todo o quarto e finalmente consegue prendê-las entre os dentes. É até um pouco provável que Blumfeld arrume um cachorro em breve.

Momentaneamente, porém, as bolas precisam temer apenas Blumfeld e ele não está com nenhuma vontade de destruí-las, ou talvez lhe falte apenas a iniciativa para tanto. Ele chega à noite cansado do trabalho e então, quando tanto precisa de tranquilidade, essa surpresa lhe é preparada. Somente agora ele sente como está cansado na verdade. Certamente vai destruir as bolas e dentro de pouco tempo, mas não naquele momento, provavelmente só no dia seguinte. Pois, se encararmos a situação de forma desinteressada, as bolas se comportam de forma bastante modesta. Elas poderiam, por exemplo, dar um pulo à frente de tempos em tempos, mostrar-se e voltar para o seu lugar, ou poderiam saltar mais alto a fim de baterem no tampo da mesa, compensando o abafamento pelo tapete. Mas não o fazem, não querem irritar Blumfeld sem necessidade, elas aparentemente se limitam apenas ao estritamente necessário.

No entanto, esse estritamente necessário já basta para estragar a permanência de Blumfeld à mesa. Ele fica apenas alguns minutos ali sentado e já cogita ir dormir. Um dos motivos para tanto é também o fato de que ali não pode fumar, pois deixara os fósforos sobre o criado-mudo. Ele precisaria, portanto, pegar esses fósforos e, uma vez que já esteja ao lado do criado-mudo, é melhor então ficar por lá e deitar-se. Mas ele, no fundo, tem também outro motivo para tanto, pois acredita que as bolas, em sua ânsia cega em se manterem sempre atrás dele, vão pular sobre a cama e que ali, quando se deitar, ele as esmagará, querendo ou não. Rejeita o argumento de que talvez os restos das bolas também pudessem pular. Mesmo o extraordinário também tem de ter limites. Bolas inteiras pulam também em outras situações, mesmo que não ininterruptamente, fragmentos de bolas, por sua vez, nunca pulam e, portanto, tampouco pularão nesse caso.

– Em frente! – exclama ele quase malicioso após essa reflexão e volta a marchar com as bolas atrás de si até a cama. Sua esperança parece se confirmar; quando se posta propositalmente bem perto da cama, uma bola pula imediatamente sobre ela. Por outro lado, ocorre o inesperado, a outra bola se dirige para baixo da cama. Na possibilidade de as bolas pularem também para baixo da cama, Blumfeld não havia pensado. Ele está indignado com essa segunda bola, mas mesmo assim percebeu como estava sendo injusto, pois, ao pular para baixo da cama, a bola cumpre sua função talvez ainda melhor que a outra sobre a cama. Agora tudo depende do local que as bolas vão escolher, pois Blumfeld não acredita que possam trabalhar durante muito tempo separadas. E, realmente, no instante seguinte a bola de baixo também pula para cima da cama. "Agora eu as pego", pensa Blumfeld exultante e arranca o roupão do corpo para se jogar na cama. Mas, nesse mesmo instante, a mesma bola volta a pular para baixo da cama. Extremamente decepcionado, Blumfeld literalmente desmonta. A bola provavelmente só deu uma olhada ali em cima e não gostou. E agora a outra também a segue e naturalmente fica lá embaixo, pois ali é melhor. "Agora eu vou ter esses tamborileiros aqui a noite inteira", pensa Blumfeld mordendo os lábios e balança a cabeça.

Ele está aborrecido sem saber na verdade como as bolas poderiam prejudicá-lo de noite. Seu sono é excelente, ele vai superar esse leve ruído facilmente. A fim de se assegurar disso, empurra para baixo da cama, segundo a experiência já feita, dois tapetes. É como se tivesse um cachorrinho para o qual quisesse arrumar uma caminha confortável. E como se as bolas também estivessem cansadas e com sono, seus saltos também se tornaram mais baixos e lentos que antes. Quando Blumfeld se ajoelha diante da cama e ilumina embaixo dela com a lanterna, às vezes acha que as bolas vão ficar para sempre caídas nos tapetes, tão fracas elas caem, tão lentas rolam um pouco para frente. Mas então elas voltam a se levantar, cumprindo seu dever. Mas é bem possível que Blumfeld, quando olhar embaixo da cama de manhã, encontre ali duas bolas de crianças paradas e inócuas.

Mas parece que elas não conseguem manter seus pulos nem mesmo até de manhã, pois quando Blumfeld está na cama deitado, já não as ouve mais. Ele se esforça por ouvir alguma coisa, aguça os ouvidos curvado na cama – nenhum pio. Os tapetes não podem ter um efeito tão intenso, a única explicação é que as bolas não estejam mais pulando, ou elas não conseguem tomar impulso suficiente nos tapetes macios e por isso desistiram temporariamente dos saltos, ou, então, o que é mais provável, elas nunca mais pularão. Blumfeld poderia se levantar e espiar o que está acontecendo de verdade, mas em sua satisfação pelo fato de finalmente ter tranquilidade, ele prefere ficar deitado, não quer aproximar nem mesmo o olhar das bolas aquietadas. Prefere até mesmo abdicar de fumar, vira-se para o lado e adormece imediatamente.

Mas não permanece sossegado. Como sempre, seu sono dessa vez também é vazio de sonhos, mas muito inquieto. Incontáveis vezes durante a madrugada ele acorda assustado com a impressão de que alguém bate à porta. Ele sabe com certeza que ninguém está batendo. Quem bateria de madrugada e ainda mais à sua porta, de um solteiro solitário? Apesar de saber disso com certeza, ele sempre volta a acordar assustado e fica olhando durante um instante para a porta, ansioso, com a boca aberta, os olhos esbugalhados e as mechas de cabelo balançando sobre a testa úmida. Ensaia contar quantas vezes é despertado, mas, esmorecido pelos gigantescos números resultantes, volta a cair no sono. Acredita saber de onde vêm as batidas, elas não são produzidas na porta, mas em outro lugar muito diferente, no entanto, na confusão do sono, não consegue se lembrar em que se baseiam suas suposições. Ele só sabe que várias pancadas minúsculas e repulsivas se acumulam, antes de resultarem na batida grande e forte. Mas consentiria em tolerar toda a repugnância das pequenas pancadas se pudesse evitar a batida. No entanto, por algum motivo, é tarde demais, ele não pode intervir aqui, a oportunidade já passou, ele nem mesmo tem palavras, sua boca se abre apenas para um mudo bocejo e, furioso com isso, bate o rosto no travesseiro. Assim decorre a noite.

De manhã, a batida da criada à porta o acorda, com um suspiro redentor ele saúda essa batida suave de cuja inaudibilidade sempre se queixou. E já ia dizer "entre" quando ouve uma outra batida vívida, fraca, mas positivamente belicosa. São as bolas embaixo da cama. Elas acordaram, será que, diferentemente dele, elas reuniram novas forças no decorrer da noite?

– Um momento – exclama Blumfeld para a criada, pula da cama, mas cuidadosamente, de forma a manter as bolas às suas costas, joga-se, sempre de costas para elas, no chão, olha com a cabeça virada para as bolas e... quase profere uma blasfêmia. Como crianças que de noite afastam de si as incômodas cobertas, as bolas empurraram tanto o tapete para baixo da cama por meio de pequenos puxões contínuos durante a noite que tinham de novo o assoalho livre abaixo de si e podiam fazer barulho.

– Voltem para os tapetes – diz Blumfeld com uma expressão brava. Somente quando as bolas voltam a ficar quietas, graças ao tapete, ele diz à criada que pode entrar. Enquanto ela, uma mulher gorda, parva, que caminha com as costas sempre eretas, coloca o café da manhã sobre a mesa e realiza os poucos serviços necessários, Blumfeld se mantém de pé imóvel, de roupão ao lado de sua cama, a fim de manter as bolas ali embaixo. Ele segue a criada com os olhos para averiguar se ela percebe alguma coisa. Com sua débil audição, isso é bastante improvável, e Blumfeld atribui à sua irritabilidade, gerada pela noite mal dormida, o fato de imaginar ver a criada parar aqui e ali, segurar-se em algum móvel e ouvir atenta, com as sobrancelhas elevadas. Ele ficaria feliz se pudesse fazer que a criada acelerasse um pouco seu trabalho, mas ela está quase mais lenta que de costume. Cerimoniosa, ela se carrega com as roupas e botas de Blumfeld e se dirige com elas para o corredor, fica longo tempo ali fora, as pancadas resultantes de seu trabalho com as roupas lá fora soam monótonas e isoladas. E durante todo esse tempo, Blumfeld tem de se conservar na cama, não pode se mover se não quiser levar as bolas atrás de si, tem de deixar o café, que gosta tanto de beber o mais quente possível, esfriar, e não pode fazer nada além de olhar fixamente a cortina baixada, por trás da qual o dia amanhece nebuloso. Finalmente a criada acaba seu serviço, deseja um bom-dia e se prepara para sair. Mas antes de se afastar definitivamente, ela ainda para na porta, move um pouco os lábios e olha longamente para Blumfeld. Ele já quer interpelá-la, quando ela, por fim, parte. Sua vontade era de abrir a porta e gritar-lhe que era uma mulher burra, velha e parva. Mas, quando reflete sobre o que teria a objetar realmente contra ela, encontra apenas o disparate de que ela sem dúvida nada percebeu, mas mesmo assim quis dar a impressão de que teria percebido algo. Que confusos são esses pensamentos! E isso apenas devido a uma noite mal dormida! Para o sono inquieto ele encontra uma pequena explicação no fato de ter se desviado de seus hábitos ontem à noite, não ter fumado nem bebido sua aguardente. "Se eu", esse foi o resultado final de sua reflexão, "não fumar e não beber aguardente, durmo mal."

A partir de agora, vai atentar mais a seu bem-estar, e já começa a fazê-lo ao tirar algodão de sua pequena farmácia, que está pendurada acima do criado-mudo, e enfiar dois chumacinhos nas orelhas. Então se levanta e dá um passo como teste. As bolas o seguem, mas ele quase não as ouve, mais um reabastecimento de algodão as torna totalmente inaudíveis. Blumfeld dá ainda mais alguns passos, o que é possível sem grandes dificuldades. Cada um por si, tanto Blumfeld quanto as bolas, é verdade que estão ligados entre si, mas não se atrapalham. Somente quando Blumfeld se vira uma vez mais rapidamente e uma bola não consegue fazer o movimento inverso com velocidade suficiente, bate o joelho nela. Esse é o único incidente, de resto, ele bebe o café tranquilamente, está com uma fome como se não tivesse dormido à noite, mas sim percorrido um longo caminho, lava-se com água fria extraordinariamente refrescante e se veste. Até então, não levantara as cortinas, preferira, por precaução, ficar na penumbra, não precisa de olhos estranhos sobre as bolas. Mas agora que está pronto para sair, precisa confinar as bolas de alguma forma para o caso de elas se atreverem – ele acredita que não – a segui-lo até a rua. Ele tem uma boa ideia, abre o grande guarda-roupa e se posta de costas para ele. Como se as bolas pressentissem suas intenções, elas se esquivam do interior do armário, aproveitam qualquer espacinho que sobre entre Blumfeld e o guarda-roupa, pulam, quando não há outro jeito, por um instante dentro dele, mas logo fogem do escuro para fora, não é possível levá--las para dentro passando pelos cantos, elas preferem não cumprir sua obrigação e se mantêm quase ao lado de Blumfeld. Mas seus pequenos artifícios não as ajudam, pois agora o próprio Blumfeld entra de costas no guarda-roupa e elas então têm de segui-lo. Com isso, a questão se resolveu, pois sobre o piso do armário há vários pequenos objetos, como botas, caixas, pequenas malas, os quais estão todos – agora Blumfeld lamenta o fato – muito bem-arrumados, mas que atrapalham bastante as bolas. E quando Blumfeld então, que nesse meio-tempo fechou a porta do guarda-roupa quase completamente, sai de lá com um grande salto como não dava havia anos, empurra a porta e gira a chave, as bolas ficam presas. "Deu certo", pensa ele e limpa o suor do rosto. Quanto barulho as bolas fazem dentro do armário! Tem-se a impressão de que estão desesperadas. Blumfeld, por sua vez, está muito satisfeito. Sai do quarto e o ermo corredor já lhe faz bem. Livra os ouvidos do algodão e os muitos barulhos da casa, que está despertando, o encantam. Apenas poucas pessoas podem ser vistas, ainda é muito cedo.

Lá embaixo no vestíbulo, diante da porta baixa que dá acesso ao apartamento da criada no porão, está seu pequeno filho de dez anos. Ele é o retrato de sua mãe, nenhuma fealdade da velha foi esquecida nesse rosto infantil. Com as pernas tortas, as mãos nos bolsos das calças, está ali arquejante, pois nessa idade já sofre de bócio e só consegue respirar com dificuldade. Enquanto Blumfeld, porém, normalmente aperta o passo quando o menino surge em seu caminho, a fim de se poupar o mais possível dessa visão, hoje quase deseja ficar ali com ele. Mesmo que o menino também tenha sido posto no mundo por essa mulher e carregue todas as marcas de sua origem, ele ainda assim é temporariamente uma criança, nessa cabeça disforme há pensamentos infantis, se nos dirigirmos a ele de forma compreensível e perguntarmos algo, ele provavelmente responderá com uma voz clara, de modo inocente e reverente, e nós poderemos, com certo sacrifício, acariciar também essas bochechas. É o que pensa Blumfeld, mas continua seu caminho. Na rua, ele percebe

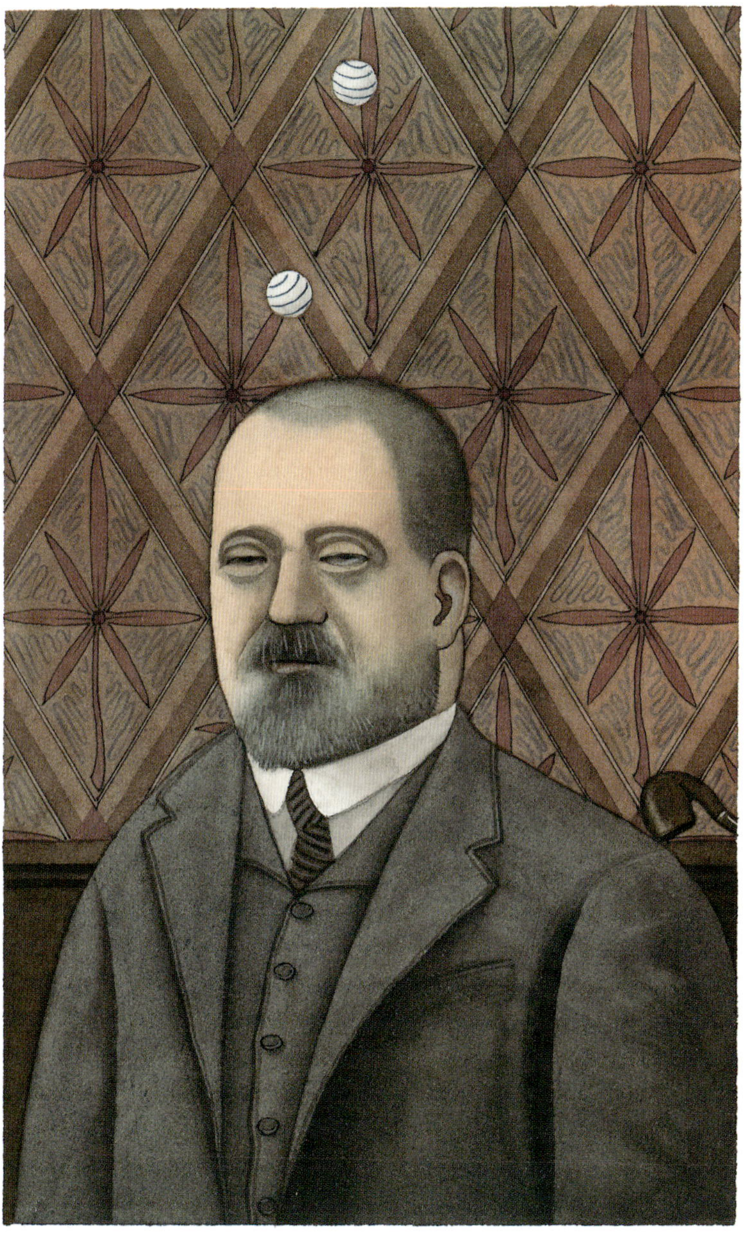

que o clima está mais agradável do que pensara em seu quarto. A névoa matutina se dispersa e surgem espaços de céu azul, varrido pelo forte vento. Blumfeld dá graças às bolas pelo fato de ter saído de seu quarto muito mais cedo que de costume, até mesmo o jornal ele esquecera sobre a mesa sem tê-lo lido, de qualquer forma, ganhou muito tempo com isso e pode caminhar lentamente agora. É curioso quão pouco as bolas o preocupam desde que as separou de si. Enquanto estavam atrás dele, as pessoas podiam pensar que elas eram parte dele, que eram algo que devia ser também considerado ao se julgar sua pessoa, agora, por outro lado, elas eram apenas um brinquedo no armário de casa. E nesse momento ocorre a Blumfeld que talvez a melhor maneira de tornar as bolas inofensivas seria conduzindo-as à sua verdadeira destinação. Lá no vestíbulo ainda está o menino, Blumfeld vai presenteá-lo com as bolas, não emprestá-las, não, mas literalmente presenteá-las, o que certamente é o mesmo que ordenar o seu extermínio. E mesmo que permaneçam inteiras, elas assim terão menor importância nas mãos do menino que no guarda-roupa, toda a casa verá como o menino brinca com elas, outras crianças se juntarão a ele, a opinião geral de que se trata aqui de bolas de brinquedo e não de, por exemplo, companheiras de Blumfeld, será inquestionável e irresistível. Ele volta para a casa. O menino acaba de descer as escadas para o porão e prepara-se para abrir a porta lá embaixo. Portanto, Blumfeld tem de chamá-lo e dizer o seu nome, que é tão ridículo quanto tudo o que é associado a esse menino. Ele o faz.

– Alfred, Alfred – chama. O menino hesita por longo tempo. – Vem logo – exclama Blumfeld –, eu vou te dar uma coisa.

As duas pequenas filhas do zelador saem pela porta em frente e se colocam, curiosas, à direita e à esquerda de Blumfeld. Elas apreendem tudo muito mais rapidamente que o menino e não entendem por que ele não vem logo. Acenam para ele sem perder Blumfeld de vista, mas não conseguem descobrir qual presente o aguarda. A curiosidade as aflige e elas pulam de um pé para outro. Blumfeld ri tanto delas quanto do menino. Este parece ter finalmente organizado tudo e sobe a escada, rijo e pesado. Nem mesmo em seu caminhar ele nega a mãe, que, aliás, aparece lá embaixo, à porta do porão. Blumfeld grita em um volume exagerado, para que a criada também o compreenda e controle, caso seja necessário, a execução de sua tarefa.

– Eu tenho lá em cima – diz ele –, no meu quarto, duas belas bolas. Tu as queres para ti?

O menino apenas torce a boca, não sabe como se portar, vira-se e olha, com dúvida, para a mãe lá embaixo. As meninas, porém, logo começam a pular em volta de Blumfeld pedindo-lhe que lhes dê as bolas.

– Vocês também vão poder brincar com elas – ele lhes diz, mas espera a resposta do menino. Ele poderia logo presentear as meninas com as bolas, mas elas lhe parecem muito levianas e ele agora tem mais confiança no menino. Este buscara nesse meio-tempo, sem que palavras tenham sido trocadas, o conselho de sua mãe e balança a cabeça afirmativamente em resposta a uma nova pergunta de Blumfeld.

– Então, presta atenção – diz Blumfeld, que ignora com prazer o fato de que não vai receber nenhum agradecimento pelo seu presente –, tua mãe tem a chave do meu quarto, tu tens de tomá-la emprestada, aqui te dou a chave de meu guarda-roupa e dentro desse guarda-roupa estão as bolas. Depois tranca o guarda-roupa e o quarto com cuidado. Com as bolas, porém, podes fazer o que quiseres e não precisas devolvê-las. Tu me entendeste?

Mas o menino infelizmente não havia entendido. Blumfeld quis deixar tudo extremamente claro para aquele ser ilimitadamente obtuso, mas, justamente com essa intenção, repetiu tudo demais, falou demais alternadamente sobre as chaves do quarto e do guarda-roupa, e o menino, consequentemente, o encarou não como um benfeitor, mas como um corruptor. As meninas, porém, logo entenderam tudo, empurraram-se até Blumfeld e esticaram as mãos pedindo a chave.

– Esperem – diz ele já irritado com todos.

O tempo também está passando, não posso ficar muito mais. Se pelo menos a criada pudesse finalmente dizer que o compreendera, providenciaria tudo corretamente para o menino. Em vez disso, ela continua lá embaixo à porta, sorrindo afetada como uma surda envergonhada e talvez acredite que Blumfeld lá em cima tenha se enternecido repentinamente com seu menino e estivesse tomando dele a tabuada. Ele, por sua vez, não podia descer a escada e gritar no ouvido da criada que estava pedindo a seu menino, pelo amor de Deus, se poderia livrá-lo das bolas. Ele já havia se esforçado suficientemente ao confiar a chave de seu guarda-roupa durante um dia inteiro a essa família. Não é para se poupar que quer entregar a chave ao menino em vez de levá-lo ele próprio até lá em cima e entregar-lhe as bolas. Mas não pode dar-lhe as bolas de presente para em seguida, como presumivelmente deve acontecer, tirá-las do menino ao levá-las atrás de si como um séquito.

– Então tu não me entendes? – pergunta Blumfeld quase melancólico depois de ter iniciado uma nova explicação, interrompendo-a logo em seguida diante do olhar vazio do menino. Um olhar vazio como esse nos deixa indefesos. Ele pode seduzir uma pessoa a dizer mais do que quer, a fim de preencher esse vazio com compreensão.

– Nós pegamos a bola para ele – exclamam as meninas. Elas são espertas, perceberam que só podem receber as bolas por alguma intermediação do menino, mas que elas mesmas precisam fazer essa intermediação. Do apartamento do zelador um relógio bate as horas e exorta Blumfeld a se apressar.

– Então peguem a chave – diz ele, e a chave é mais puxada de sua mão que entregue por ele. A segurança com que teria dado a chave ao menino teria sido incomparavelmente maior. – A chave do quarto vocês pegam lá embaixo com a senhora – diz Blumfeld ainda – e, quando voltarem com as bolas, devem dar as duas chaves a ela.

– Está bem, está bem – exclamam as meninas, e correm escada abaixo. Elas sabem tudo, tudo mesmo. E como se Blumfeld tivesse sido contagiado pela obtusidade do menino, agora ele próprio não compreende como puderam depreender tudo tão rapidamente de suas explicações.

Agora já estão lá embaixo puxando a saia da criada, mas Blumfeld não pode, por mais tentador que seja, observar por mais tempo como irão executar sua tarefa, e isso não apenas porque já é tarde, mas também porque não quer estar presente quando as bolas estiverem em liberdade. Ele quer até mesmo já estar a algumas ruas de distância quando as meninas apenas abrirem a porta de seu quarto lá em cima. Pois não tem ideia do que ainda pode esperar das bolas! Assim, ele sai hoje pela segunda vez ao ar livre. (Ele) Ainda viu a criada literalmente se defendendo das meninas e o menino movendo as pernas tortas para ir em auxílio da mãe. Blumfeld não compreende por que pessoas como a criada prosperam nesse mundo e se reproduzem.

Durante o caminho até a fábrica de roupas íntimas onde Blumfeld é empregado, os pensamentos sobre o trabalho pouco a pouco começam a prevalecer sobre todo o resto. Ele aperta o passo e, apesar da delonga da qual o menino era culpado, ele é o primeiro em seu escritório. Esse escritório é um pequeno aposento com paredes de vidro que possui uma mesa de trabalho para Blumfeld e dois atris para os aprendizes subordinados a ele. Apesar desses atris serem muito pequenos e estreitos, como se fossem feitos para crianças em idade escolar, o escritório é bastante apertado e os aprendizes não podem se sentar, pois nesse caso não haveria mais espaço para a cadeira de Blumfeld. Assim, eles ficam o dia inteiro de pé, espremidos cada um diante de seu atril. Isso é certamente muito desconfortável para eles, mas assim se torna também mais difícil para Blumfeld observá-los. Frequentemente eles correm assíduos para o atril, mas não para trabalhar, e sim para cochicharem entre si ou mesmo para dormitarem. Eles causam grande transtorno a Blumfeld, não o ajudam nem um pouco com o gigantesco trabalho que lhe é imposto. Esse trabalho consiste em que ele providencie todo o trânsito de materiais e dinheiro com as funcionárias que trabalham em suas casas, as quais são contratadas pela fábrica para a produção de certos produtos mais refinados. Para se avaliar a dimensão desse trabalho, é preciso ter uma visão detalhada do todo. Essa visão, porém, desde que o superior imediato de Blumfeld falecera havia alguns anos, ninguém mais tem, por isso ele tampouco pode conceder a qualquer pessoa o direito de julgar seu trabalho. O fabricante, o senhor Ottomar, por exemplo, subestima claramente o seu trabalho, ele naturalmente reconhece os méritos obtidos por Blumfeld na fábrica no decorrer dos vinte anos, e os reconhece não apenas porque precisa, mas também porque respeita Blumfeld como pessoa leal e confiável; mas seu trabalho ele subestima, pois acredita que ele poderia ser organizado de forma mais simples e, portanto, mais vantajosa em todos os sentidos do que como o funcionário o realiza. Dizem, e isso não é implausível, que Ottomar só aparece tão raramente no departamento de Blumfeld para se poupar da irritação que a visão de seus métodos de trabalho lhe provoca. Ser tão subestimado é certamente muito triste para Blumfeld, mas não há remédio, pois ele não pode obrigar Ottomar, por exemplo, a ficar durante um mês ininterrupto em seu departamento, estudar os variados tipos de trabalho a serem ali executados, utilizar seus próprios métodos supostamente melhores e se deixar convencer por Blumfeld após a quebra do departamento, o que seria necessariamente a consequência de tais atos. Por isso, então, Blumfeld executa seu trabalho imperturbável como antes, sobressalta-se um pouco, quando depois de longo tempo Ottomar aparece, faz uma fraca tentativa, pelo senso de dever de um subordinado de explicar esse ou aquele ajuste para o chefe, ao que este continua seu caminho, mudo, balançando a cabeça com os olhos baixos, e sofre, aliás, menos com essa falta de reconhecimento que com a ideia de que, quando tiver de deixar seu cargo um dia, a consequência imediata será uma grande confusão não solucionável por nenhuma pessoa, pois ele não conhece ninguém na fábrica que pudesse substituí-lo e assumir seu cargo de forma que fossem evitadas pelo menos as piores estagnações no decorrer de meses. Se o chefe subestima alguém, então naturalmente os funcionários procuram subestimá-lo ainda mais. Sendo assim, todos desprezam o trabalho de Blumfeld, ninguém considera necessário para sua formação trabalhar um período no seu departamento e, quando são contratados novos funcionários, ninguém é designado por iniciativa própria para Blumfeld. Consequentemente, faltam sucessores para seu departamento. Foram semanas de dura batalha quando Blumfeld, que até então providenciava tudo no departamento absolutamente sozinho, apoiado apenas por um serviçal, demandou a provisão de um aprendiz. Quase todos os dias Blumfeld aparecia no escritório de Ottomar e lhe explicava de forma calma e detalhada por que um aprendiz seria necessário nesse departamento. Ele não seria necessário, por exemplo, porque Blumfeld quisesse se poupar, Blumfeld não queria se poupar, ele fazia sua parte já excessiva e não pensava em parar de fazê-lo, mas o senhor Ottomar podia pensar sobre como os negócios tinham crescido com o decorrer do tempo, todos os departamentos haviam sido adequadamente aumentados, apenas o departamento de Blumfeld era sempre esquecido. E como justamente lá o trabalho aumentara! Quando Blumfeld começou, o senhor Ottomar certamente não se lembrava mais desses tempos, trabalhava-se lá com aproximadamente dez costureiras, hoje esse número varia entre cinquenta e sessenta. Um trabalho como esse exige força, Blumfeld podia garantir que usaria todas as suas para esse trabalho, mas que solucionaria tudo completamente, a partir de agora, ele não podia mais garantir. O senhor Ottomar, na verdade, nunca recusara exatamente a solicitação de Blumfeld, isso ele não podia fazer em relação a um antigo funcionário, mas o jeito como mal prestava atenção, falando com outras pessoas, por cima do Blumfeld suplicante, fazia meias promessas, esquecia-se de tudo dentro de poucos dias – esse jeito era realmente ofensivo. Não para Blumfeld, na verdade, Blumfeld não é um sonhador, por mais que honra e reconhecimento sejam bons, Blumfeld pode dispensá-los, apesar de tudo, ele vai permanecer em seu emprego pelo tempo que for possível de alguma forma. Mas ele está em seu direito e o direito deve, afinal, mesmo que às vezes demore, ser reconhecido. Assim, Blumfeld realmente recebeu por fim até mesmo dois aprendizes. Mas que aprendizes! Nós poderíamos achar que Ottomar percebera que poderia demonstrar mais explicitamente o seu desprezo pelo departamento de Blumfeld não pela negação de aprendizes, mas pela concessão desses aprendizes. Era até mesmo possível que Ottomar tenha feito Blumfeld esperar por tanto tempo porque estava procurando aprendizes como esses e, o que é compreensível, não conseguira encontrá-los durante muito tempo. E agora Blumfeld não podia se queixar, a resposta já podia ser prevista, ele recebera dois aprendizes, enquanto demandara apenas um; tudo fora habilmente preparado por Ottomar. Naturalmente, ele se queixou mesmo assim, mas apenas porque sua situação de penúria realmente o forçara a isso, não porque ainda tinha esperança de receber mais ajuda agora. Ele tampouco se queixava explicitamente, mas apenas de passagem, quando surgia uma oportunidade adequada. Mesmo assim, logo se espalhou entre os colegas malevolentes o boato de que alguém teria perguntado a Ottomar se seria possível que Blumfeld, que agora recebera uma ajuda extraordinária, ainda continuasse se queixando. Ottomar teria então respondido que era verdade, que Blumfeld ainda se queixava, mas com razão. Ele, Ottomar, teria finalmente reconhecido e tencionava designar para Blumfeld, pouco a pouco, um aprendiz para cada costureira, ou seja, no total, cerca de sessenta. Caso esses ainda não fossem suficientes, ele enviaria ainda mais e não pararia até que o manicômio que já se formava há anos no departamento de Blumfeld estivesse completo. Porém, esse comentário não imitava bem a forma de falar de Ottomar, pois ele próprio, e Blumfeld não duvidava disso, estava longe de se pronunciar, nem de forma similar, a respeito do funcionário. Tudo aquilo era apenas uma invenção dos vadios dos escritórios do primeiro andar, Blumfeld ignorou a questão. Ah se pudesse ignorar também, tão tranquilamente, a existência dos aprendizes. Mas eles estavam lá e não podiam mais ser retirados. Crianças pálidas e fracas. Segundo seus documentos, eles já teriam atingido a idade pós-escolar, na realidade, porém, não era possível acreditar nisso. Sim, ninguém quisera confiá-los nem mesmo a um professor, era bastante óbvio que ainda deviam estar sob os cuidados da mãe. Eles ainda não sabiam se mover de forma razoável, cansavam-se anormalmente, principalmente nos primeiros tempos, por ficarem longo tempo em pé. Se eram deixados sem supervisão, logo vergavam em sua fraqueza, ficavam em um canto de pé, tortos e encurvados. Blumfeld tentava fazê-los compreender que ficariam atrofiados por toda a vida se sempre cedessem dessa maneira ao conforto. Encomendar qualquer pequena providência aos aprendizes era uma ousadia. Certa vez, um deles tinha de levar um objeto apenas alguns passos adiante, correu até lá solícito demais e feriu o joelho no atril. A sala estava cheia de costureiras, o atril repleto de mercadorias, mas Blumfeld teve de deixar tudo para trás, levar o aprendiz em prantos até seu escritório e lhe fazer ali um pequeno curativo. Mas mesmo essa solicitude dos aprendizes era apenas aparente; como verdadeiras crianças, eles às vezes queriam se destacar, mas muito mais frequentemente, ou quase sempre, queriam apenas distrair a atenção do superior e enganá-lo. No período de mais trabalho, Blumfeld certa vez passou correndo por eles, banhado em suor, e percebeu como trocavam selos em segredo entre os fardos de mercadorias. Ele tivera vontade de bater com os punhos sobre a cabeça deles; para esse tipo de comportamento, essa teria sido a única punição possível, mas eram crianças, e Blumfeld não podia espancar crianças até a morte. E, assim, continuava se torturando com eles. Originalmente, ele imaginara que os aprendizes o apoiariam nos serviços imediatos que, no período de distribuição de mercadorias, exigiam tanto esforço e vigilância. Pensou que ficaria, por exemplo, no centro, atrás do atril, sempre mantendo a visão geral de tudo, efetuando os registros, enquanto os aprendizes, seguindo suas ordens, andariam de um lado para outro distribuindo tudo. Ele havia imaginado que sua vigilância, por mais acurada que fosse, não seria suficiente para esse empurra-empurra e, portanto, seria substituída pela atenção dos aprendizes. E que esses mesmos aprendizes pouco a pouco acumulariam experiência, não permaneceriam dependentes de suas ordens para qualquer detalhe e finalmente aprenderiam sozinhos a diferenciar entre as costureiras no que dizia respeito à sua necessidade de mercadorias e confiabilidade. A julgar por esses aprendizes, essas esperanças foram todas em vão, e Blumfeld logo reconheceu que não podia deixá-los falar com as costureiras de forma alguma. Aliás, eles já não se dirigiam a algumas desde o início, porque sentiam repulsa ou medo delas. Com outras, por outro lado, pelas quais tinham preferência, eles corriam frequentemente até a porta ao seu encontro. Para essas eles levavam tudo o que queriam, enfiavam as mercadorias em suas mãos, mesmo que as costureiras tivessem o direito de recebê-las, com um ar de segredo. Para as suas favoritas, reuniam em uma estante vazia diversos retalhos, restos sem valor, mas também miudezas úteis, acenavam-lhes de longe com os objetos, felizes, pelas costas de Blumfeld, e recebiam em troca balas enfiadas em suas bocas. Blumfeld, porém, logo acabou com essa desordem e, quando as costureiras chegavam, empurrava-os para o quartinho. Durante muito tempo eles ainda consideraram isso uma grande injustiça, resistiam, quebravam as canetas intencionalmente e batiam às vezes, fazendo grande barulho nos vidros, sem, no entanto, ousarem levantar a cabeça, a fim de chamar a atenção das costureiras para os maus-tratos que, em sua opinião, sofriam nas mãos de Blumfeld.

A injustiça, no entanto, que eles mesmos cometiam, essa não conseguiam compreender. Assim, eles, por exemplo, quase sempre chegavam atrasados ao escritório. Blumfeld, seu superior, que desde o início de sua juventude sempre considerara óbvio que devemos chegar no mínimo meia hora antes do início do trabalho – não por ambição nem por consciência exagerada de seus deveres, mas apenas certo senso de integridade o levava a isso –, precisa esperar quase sempre por mais de uma hora pelos seus aprendizes. Mastigando seu pãozinho do café da manhã, ele costuma ficar de pé atrás do atril do salão fechando as contas nas cadernetas das costureiras. Logo mergulha no trabalho e não pensa em nada mais. De repente, ele leva um susto tão grande que, mesmo um tempinho depois, a caneta ainda treme em sua mão. Um dos aprendizes entrara aos trancos, como se fosse cair, com uma mão ele se segura em algum lugar, com a outra, aperta o peito arfante – mas todo esse teatro não significa nada além do fato de que ele traz uma desculpa tão ridícula para seu atraso que Blumfeld a ignora propositalmente, pois, caso contrário, teria de espancar o menino merecidamente. Portanto, apenas olha rapidamente para ele, aponta com a mão esticada para o quartinho e volta a se concentrar em seu trabalho. Agora seria de se esperar que o aprendiz reconhecesse a bondade de seu superior e corresse para seu posto. Não, ele não se apressa, bamboleia, caminha na ponta dos pés, coloca pé ante pé. Quer fazer troça de seu superior? Também não. É apenas, mais uma vez, essa mistura de temor e presunção da qual não conseguimos nos defender. Como então poderíamos explicar que Blumfeld justamente hoje, quando ele próprio chegou excepcionalmente tarde ao escritório, após uma longa espera – não está com vontade de conferir as cadernetas –, vê, através da nuvem de poeira que o estúpido serviçal levanta no ar com a vassoura, os dois aprendizes na rua, chegando tranquilamente? Eles estão de braços dados e parecem contar um ao outro coisas importantes que, no entanto, certamente têm no máximo alguma relação escusa com o trabalho. Quanto mais se aproximam da porta de vidro, mais afrouxam seus passos. Finalmente um deles já segura a maçaneta, mas não a pressiona, eles ainda conversam, ouvem e dão risada.

– Abra para os dois senhores – grita Blumfeld para o serviçal, com as mãos elevadas. Mas quando os aprendizes entram, Blumfeld não quer mais brigar, não responde o seu cumprimento e vai para sua mesa de trabalho. Ele começa a fazer contas, mas levanta os olhos às vezes para ver o que os aprendizes estão fazendo. Um deles parece cansado, boceja e esfrega os olhos; quando pendura seu sobretudo no prego, aproveita a oportunidade para ficar ainda um pouco encostado na parede, na rua ele estava bem-disposto, mas a proximidade do trabalho o deixa cansado. O outro aprendiz, por sua vez, está com vontade de trabalhar, mas de realizar apenas algumas tarefas. Assim, ele sempre desejou poder varrer. Porém, esse é um trabalho que não é de sua responsabilidade, varrer é tarefa apenas do serviçal; em princípio, Blumfeld não teria nada contra o aprendiz varrer o chão, ele que varra, pior que o serviçal ninguém pode fazê-lo, mas se o aprendiz quer varrer o chão, então deve chegar mais cedo, antes que o serviçal comece a varrer, e não deve usar para tanto o tempo durante o qual deve realizar exclusivamente os trabalhos do escritório. Mas se o menino já é mesmo inacessível a qualquer reflexão razoável, então pelo menos o serviçal, esse velho meio cego que o chefe certamente não toleraria em nenhum outro departamento que não o de Blumfeld e o qual vive apenas pela misericórdia de Deus e do chefe, então pelo menos esse serviçal poderia ser generoso e entregar a vassoura por um instante para o menino, o qual é inapto e logo perderia a vontade de varrer e correria atrás dele para convencê-lo a voltar a varrer. Entretanto, esse serviçal parece sentir-se especialmente responsável justamente pela varrição, percebe-se como ele, mal o menino se aproxima, procura segurar a vassoura com mais força nas mãos trêmulas, prefere ficar quieto e parar de varrer a fim de poder voltar toda a sua atenção para a posse da vassoura. O aprendiz, então, não pede com palavras, pois tem medo de Blumfeld, que aparentemente está fazendo cálculos, mesmo porque palavras comuns seriam inúteis, pois o serviçal só é alcançado por fortes gritos. Assim, o aprendiz primeiro puxa a manga do criado. Este sabe naturalmente de que se trata, olha para o aprendiz com olhar sinistro, balança a cabeça e puxa a vassoura mais para perto, até o peito. Agora o aprendiz cruza as mãos e suplica. Ele, no entanto, não tem esperanças de conseguir alguma coisa com súplicas, apenas se diverte com isso e por isso suplica. O outro aprendiz acompanha a cena com um riso baixo e acredita aparentemente, mesmo que isso seja incompreensível, que Blumfeld não o ouve. O pedido não impressiona nem um pouco o serviçal, ele se vira e acredita que agora pode voltar a usar a vassoura com segurança. Mas o aprendiz o segue, saltitando na ponta dos pés, esfregando as mãos, suplicante, e agora pede pelo outro lado. Esses giros do serviçal e os pulinhos do estagiário a segui-lo se repetem várias vezes. Finalmente, o serviçal sente-se bloqueado por todos os lados e percebe o que, com um pouco menos de ingenuidade, já poderia ter percebido logo de início, que se cansará antes do aprendiz. Consequentemente, busca ajuda alheia, ameaça o menino com o dedo em riste e aponta para Blumfeld, ao qual prestará queixa, caso o aprendiz não desista. Este último percebe que agora, se quiser pegar a vassoura afinal, deve se apressar. Assim, a segura, atrevido. Um berro involuntário do outro aprendiz prenuncia o desfecho próximo. O criado ainda salva a vassoura dessa vez ao dar um passo para trás e puxá-la consigo. Mas o aprendiz agora não cede mais, dá um salto à frente com a boca aberta e olhos faiscantes, o serviçal quer escapar, mas suas velhas pernas tremem, em lugar de andar, o aprendiz puxa a vassoura e, mesmo não conseguindo segurá-la, consegue fazer que ela caia e, com isso, ela está perdida para o criado. No entanto, ao que tudo indica, também está perdida para o aprendiz, pois quando a vassoura cai, todos os três logo ficam paralisados, os aprendizes e o serviçal, pois agora Blumfeld deve ter percebido tudo. Realmente, este levanta a cabeça e olha pela pequena janela, como se só agora tivesse percebido, olha nos olhos de cada um, severo e perscrutador, a vassoura no chão tampouco lhe escapa. Seja porque o silêncio se prolonga demais, seja porque o aprendiz culpado não consegue refrear seu desejo de varrer; de qualquer forma, ele se curva, com muito cuidado contudo, como se fosse pegar um animal e não uma vassoura, segura a vassoura e a arrasta pelo chão. Joga-a, porém, imediatamente de volta ao chão, assustado quando Blumfeld se levanta de um salto e sai de seu quartinho.

– Os dois, já para o trabalho e nem mais um pio – grita Blumfeld, indicando para os dois aprendizes, com a mão estendida, o caminho até seus atris. Eles logo obedecem, mas não envergonhados e de cabeça baixa, eles dão uma volta, rígidos, passando por Blumfeld e olhando fixo em seus olhos, como se quisessem assim impedi-lo de lhes dar umas palmadas. Porém, já podiam saber muito bem por experiência que Blumfeld, por princípio, nunca bate. Mas eles têm medo de tudo e procuram sempre e sem nenhuma delicadeza defender seus direitos reais ou aparentes.

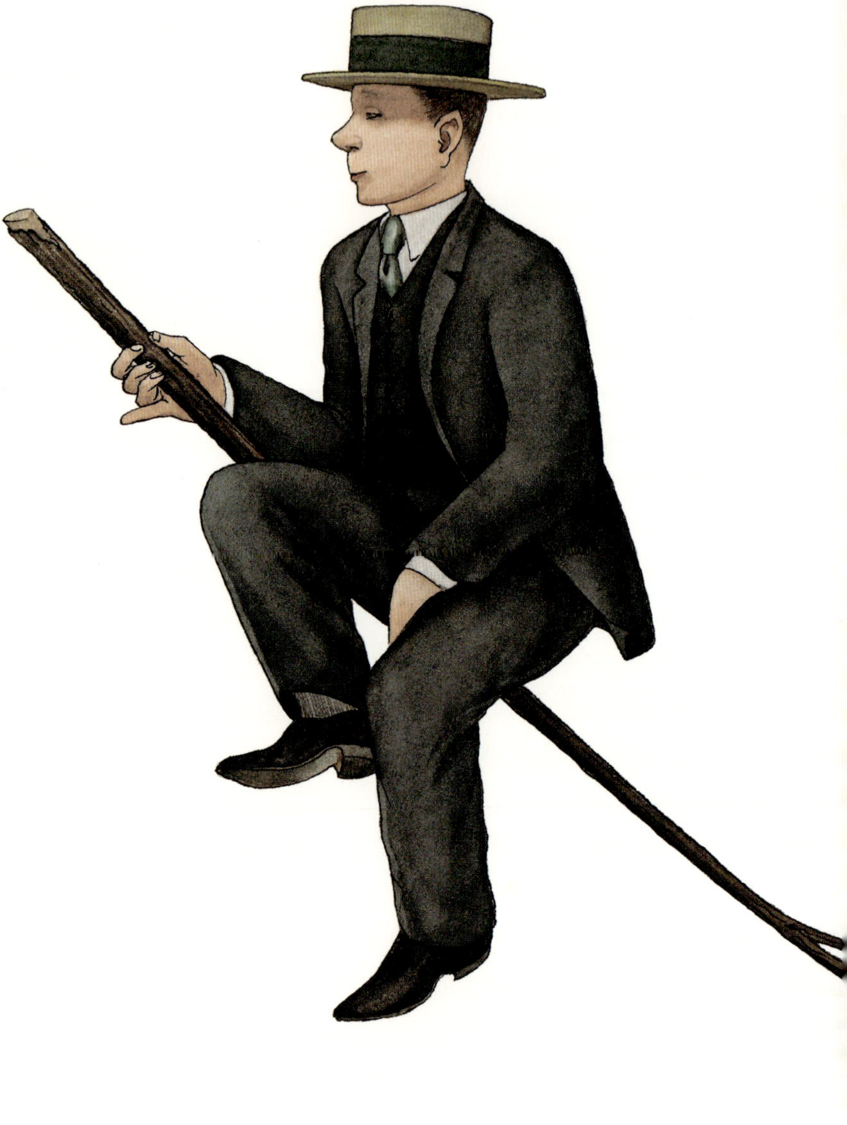

NOVO MEIO DE TRANSPORTE

Eu não consigo dormir. Apenas sonhos, nenhum sono. Hoje inventei em sonho um novo meio de transporte para um parque escarpado. Pega-se um galho, que não precisa ser muito robusto, finca-se enviesado no chão, segurando uma ponta na mão, senta-se com a maior leveza possível sobre ele, como sobre uma sela para senhoras, então o galho inteiro naturalmente despenca barranco abaixo e, como estamos sentados sobre ele, somos levados junto, oscilando confortavelmente em alta velocidade sobre a madeira elástica. Ainda vamos descobrir uma possibilidade de utilizarmos o galho em subidas. A principal vantagem está no fato de que, independentemente da simplicidade do equipamento como um todo, o galho, fino e móvel como é, pode ser abaixado e levantado de acordo com a necessidade e consegue passar em qualquer lugar, mesmo aqueles por onde apenas uma pessoa mal conseguiria atravessar.

A PONTE

Eu estava rijo e frio, eu era uma ponte, jazia acima de um precipício, deste lado estavam as pontas dos pés, daquele lado, as mãos fincadas, meus dentes cravados na argila quebradiça. As abas de meu casaco esvoaçavam nas minhas laterais. Nas profundezas ressoava o gélido riacho das trutas. Nenhum turista se perdia nessa altura intransponível, a ponte ainda não estava indicada nos mapas. Assim, eu jazia e esperava; tinha de esperar; até que caia, nenhuma ponte já construída pode deixar de ser ponte. Certa vez, de noite, se era a primeira ou a milésima, eu não sei, meus pensamentos sempre se moviam em um caos, e sempre, sempre em círculos – de noite, no verão, o riacho rumorejava mais sombrio, ouvi um passo de homem. Até mim, até mim. Estica-te ponte, compõe-te, viga sem corrimão, cumpre o que te foi confiado, compensa imperceptivelmente a insegurança dos passos dele. Se ele, no entanto, vacilar, então mostra-te e, como um deus da montanha, arremessa-o em terra firme. Ele chegou, percutiu-me com a ponta de ferro de sua bengala, depois levantou com ela as abas de meu casaco e arrumou-as sobre mim, passou a ponta em meus cabelos volumosos e a pousou ali, provavelmente olhando longe à sua volta, por longo tempo. Mas então – eu estava justamente sonhando com ele além das montanhas e do vale – pulou com os dois pés no meio do meu corpo. Arrepiei-me em dor lancinante, totalmente ignorante. Quem era ele? Uma criança? Um esportista? Um sujeito audacioso? Um suicida? Um corruptor? Um aniquilador? E me virei para vê-lo. A ponte se vira! Ainda não tinha me virado totalmente quando caí, caí e logo já estava dilacerado e furado pelos seixos pontiagudos que sempre haviam me encarado, tão pacificamente, de dentro da água furiosa.

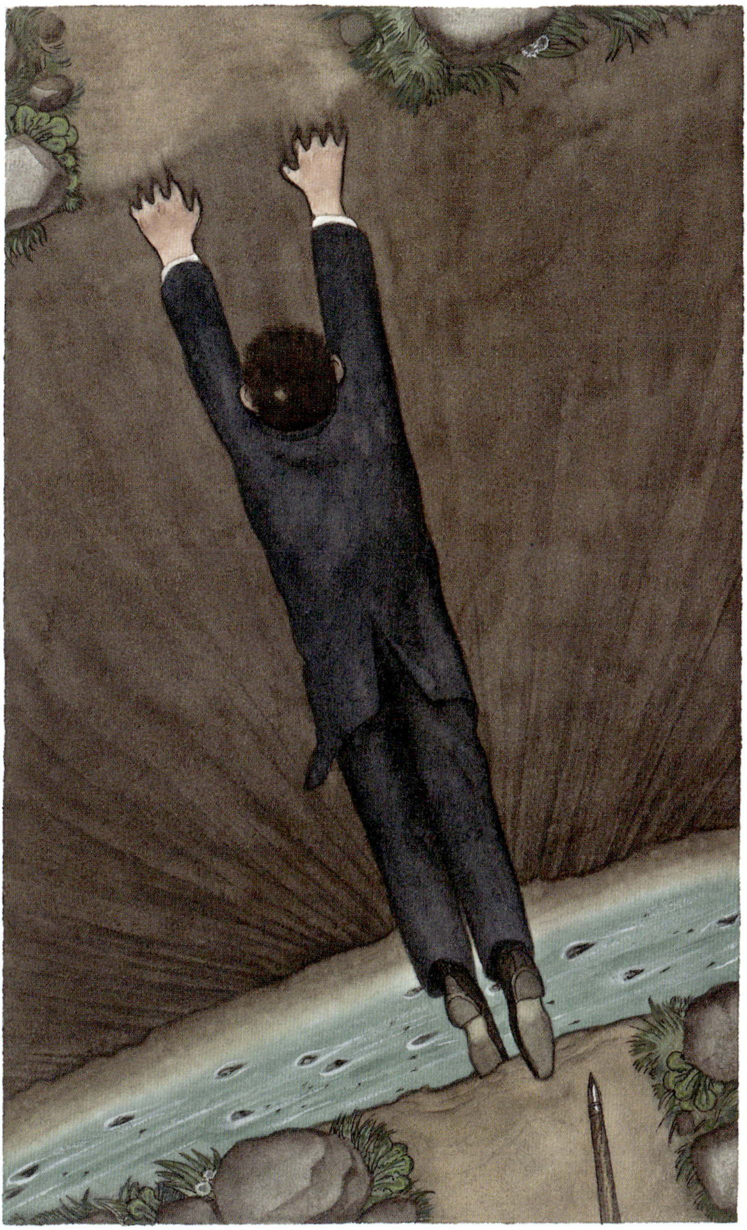

PEQUENA FÁBULA

– Ah – disse o camundongo –, o mundo se torna mais estreito a cada dia. Primeiro ele era tão vasto que eu tinha medo, andava um pouco e me alegrava por finalmente ver à distância paredes à direita e à esquerda, mas essas longas paredes correm tão rapidamente uma em direção à outra que já estou no último aposento, e ali no canto está a armadilha para a qual me dirijo.
 – Você só precisa caminhar na outra direção – disse o gato e o devorou.

CAMUNDONGUINHO

Quando o pequeno camundongo, que fora amado no mundo dos camundongos como nenhum outro, em uma madrugada caiu na ratoeira e com um alto berro deu sua vida pela visão de um toicinho, todos os camundongos das redondezas foram tomados por um tremor e uma agitação em suas tocas, olharam-se um aos outros em série, com os olhos piscando incontrolavelmente, enquanto a cauda esfregava o chão com um zelo inútil. Então saíram hesitantes, um empurrando o outro, todos atraídos para o local da morte. Ali jazia ele, o camundonguinho querido, o ferro na nuca, as perninhas cor-de-rosa encolhidas, paralisado o fraco corpo que teria sido tão bem agraciado com um pouco de toicinho. Os pais estavam de pé ao lado e observavam os restos de seu filho.

CHACAIS E ÁRABES

Nós estávamos acampados no oásis. Os companheiros dormiam. Um árabe, alto e branco, passou por mim; ele cuidara dos camelos e ia para o dormitório.

Eu me joguei de costas na grama; queria dormir; não conseguia; o uivo queixoso de um chacal a distância; voltei a me sentar. E aquilo que estivera tão longe, repentinamente, estava perto. Um bulício de chacais à minha volta; olhos de ouro fosco que brilhavam e se apagavam; corpos esguios que se moviam, como sob um chicote, disciplinada e agilmente.

Um aproximou-se por trás, espremeu-se, passando por baixo de meu braço, bem perto de mim, como se precisasse de meu calor, depois deu um passo à minha frente e falou, quase olhos nos olhos, comigo:

– Eu sou o mais velho chacal de toda região. Alegro-me em poder cumprimentar-te aqui ainda. Eu já tinha quase perdido a esperança, pois esperamos há uma eternidade por ti; minha mãe esperou, a mãe dela, e assim por diante, todas as mães das mães até a mãe de todos os chacais. Acredita!

– Isso me admira – eu disse e esqueci de acender a pilha de lenha que estava pronta para manter os chacais a distância com sua fumaça –, admira-me muito ouvir isso. Apenas por acaso eu venho do extremo Norte e me encontro em uma curta viagem. O que quereis vós, chacais?

E como que encorajados por essa recepção talvez amigável demais, eles fecharam seu círculo ainda mais à minha volta; todos tinham a respiração curta e ofegante.

– Nós sabemos – iniciou o mais velho – que tu vens do Norte, nisso se baseia justamente nossa esperança. Lá há uma compreensão que não pode ser encontrada aqui entre os árabes. Tu sabes, dessa fria arrogância é impossível arrancar a menor faísca de compreensão. Eles matam animais para comê-los, e carniça eles desprezam.

– Não fale tão alto – eu disse –, há árabes dormindo aqui perto.

– Tu és realmente um estrangeiro – disse o chacal – senão saberias que nunca na história do mundo um chacal temeu um árabe. Nós devemos temê-los? Já não é desgraça suficiente o fato de sermos repudiados por esse povo?

– Pode ser, pode ser – eu disse –, eu não me arrogo nenhum direito a julgamento em coisas que me são tão distantes; parece ser uma contenda muito antiga; certamente está no sangue; portanto, talvez termine apenas com sangue.

– És muito perspicaz – disse o velho chacal, e todos passaram a respirar ainda mais rápido; com pulmões agitados, apesar de estarem todos parados; um odor amargo, temporariamente suportável apenas com dentes cerrados, exalava da boca aberta de cada um – és muito perspicaz; isso que dizes corresponde à nossa antiga doutrina. Portanto, nós tiramos o sangue deles, e a contenda chega ao fim.

– Oh! – eu disse com mais fúria que queria. – Eles vão se defender; vão matar toda vossa matilha com suas espingardas.

– Tu não nos entendes – disse ele –, traço da espécie humana que, como vejo, também não se perde no extremo Norte. Nós não vamos matá-los. O Nilo não teria água suficiente para nos purificar. Nós fugimos diante da simples visão de seus corpos vivos, para um ar mais puro, para o deserto que, por isso, é nosso lar.

E todos os chacais à nossa volta, aos quais se haviam juntado, nesse meio-tempo, ainda muitos outros vindos de longe, baixaram a cabeça entre as pernas dianteiras e as limparam com as patas; era como se quisessem esconder uma repugnância que era tão terrível que eu iria querer fugir de seu círculo com um salto.

– O que pretendeis fazer, então? – perguntei e tentei me levantar; mas não pude; dois jovens animais haviam cravado seus dentes atrás de mim, em meu casaco e minha camisa; tive de permanecer sentado.

– Eles estão segurando tua cauda – disse o chacal, explicando muito sério –, uma demonstração de honra.

– Eles que me soltem! – exclamei, ora para o velho, ora para os jovens.

– Eles vão fazê-lo, naturalmente – disse o velho –, se demandas. Mas isso demora um pouco, pois morderam, segundo a tradição, muito profundo e precisam soltar os dentes lentamente. Enquanto isso, ouve nosso pedido.

– Vosso comportamento não me deixou muito receptivo – eu disse. – Não nos faça pagar por nossa inaptidão – ele disse, lançando mão agora, pela primeira vez, do tom queixoso de sua voz natural –, nós somos pobres animais, temos apenas nossos dentes. Para tudo o que queremos fazer, o bem e o mal, nos restam apenas os dentes.

– O que queres, então? – perguntei apenas um pouco mais calmo.

– Senhor – ele bradou, e todos os chacais soltaram uivos; a grande distância, eles me pareceram ser uma melodia. – Senhor, tu deves dar um fim à contenda que divide o mundo. Assim como tu, nossos anciãos descreveram aquele que o fará. Precisamos ser deixados em paz pelos árabes; ter um ar respirável; uma visão isenta deles em todo o horizonte; sem o lamento do carneiro que o árabe degola; todo animal deve morrer tranquilo; ele deve ter seu sangue bebido e purificado até os ossos por nós, sem ser perturbado. Pureza, nada além de pureza é o que queremos – e, nesse momento, todos choravam, soluçavam. – Como suportas este mundo, tu, nobre coração e doces entranhas? A sujeira é o seu branco; a sujeira é o seu preto; um horror é sua barba; temos de vomitar diante da visão do canto de seus olhos; e se levantam o braço, abre-se nas axilas o inferno.

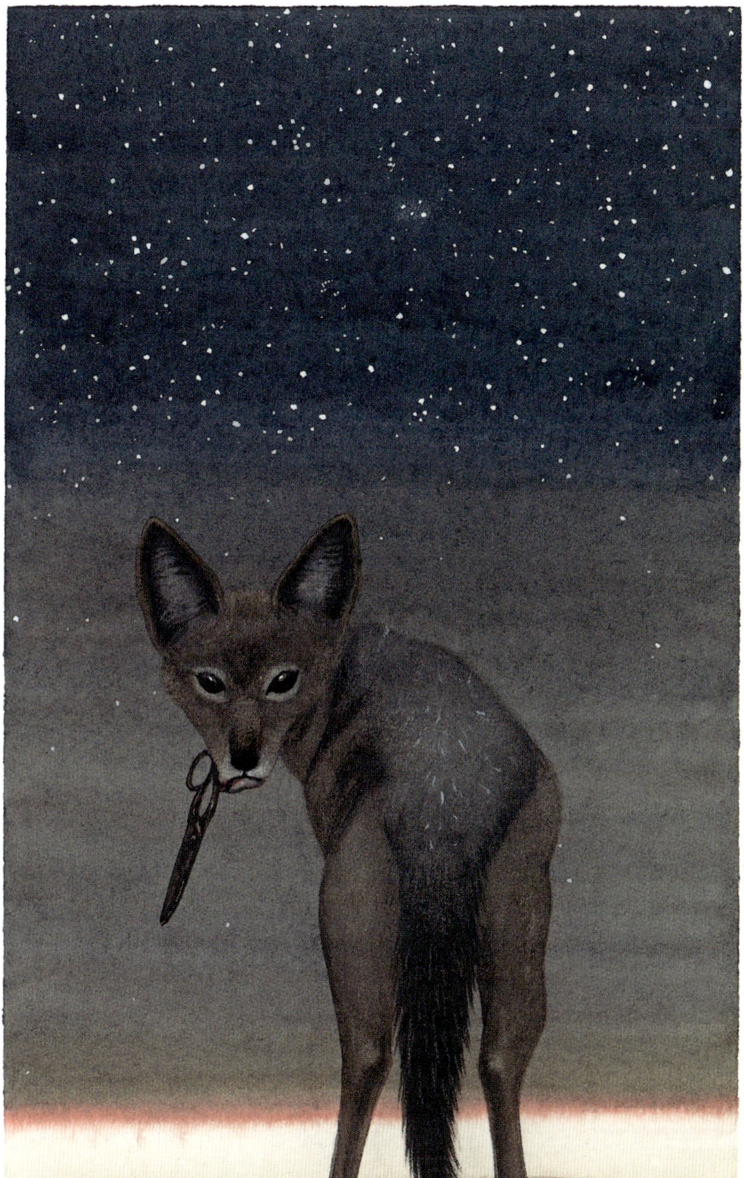

Por isso, oh senhor, por isso, oh caro senhor, com a ajuda de tuas mãos capazes de tudo, corta-lhes com esta tesoura os pescoços!

E obedecendo a um aceno de sua cabeça, aproximou-se um chacal que trazia pendurado em um dente canino uma pequena tesoura de costura velha, coberta de ferrugem.

– Bem, finalmente a tesoura. E agora chega! – bradou o líder dos árabes de nossa caravana, que se aproximara sorrateiro, contra o vento, e agora balançava seu gigantesco chicote.

Tudo acontecia muito rapidamente, mas mesmo assim eles permaneceram a alguma distância, espremidos um ao lado do outro, todos esses animais tão próximos e paralisados, que pareciam uma estreita sebe rodeada por fogos-fátuos.

– Então, tu, senhor, também viste e ouviste esse teatro – disse o árabe e riu tão alegre quanto a reserva de sua tribo permitia.

– Tu sabes, então, o que os animais querem? – perguntei.

– Naturalmente, senhor – ele disse –, isso é sabido por todos. Enquanto houver árabes, essa tesoura há de vagar pelo deserto e vai vagar conosco até o fim dos dias. Ela é oferecida a todo europeu para a grande obra; todo europeu é justamente aquele que lhes parece o predestinado. Uma esperança insensata têm esses animais; tolos, mas que tolos são. Por isso os amamos; são nossos cachorros; mais bonitos que os vossos. Vê, um camelo pereceu de madrugada, eu mandei trazê-lo para cá.

Quatro carregadores chegaram e jogaram o pesado cadáver à nossa frente. Ele mal caíra no chão e os chacais já elevaram a voz. Como se cada um deles fosse irresistivelmente puxado por fios, aproximaram-se, hesitantes, varrendo o chão com o corpo. Esqueceram os árabes, esqueceram o ódio, a presença anuladora do cadáver que exalava fortemente os enfeitiçou. Um deles logo se pendurou no pescoço e encontrou, na primeira mordida, a artéria. Como uma pequena bomba acelerada que quer apagar, tanto impreterível quanto inutilmente, um incêndio descomunal, todos os músculos de seu corpo repuxavam e estremeciam em seu lugar. E logo se acumulavam, em alta montanha, todos em trabalho idêntico sobre o cadáver.

Nesse momento, o líder oscilou vigorosamente o afiado chicote em zigue-zague acima deles. Eles levantaram a cabeça, um pouco embriagados e desfalecidos; viram os árabes diante de si; sentiram então o chicote no focinho; encolheram-se em um salto e deram alguns passos para trás. Mas o sangue do camelo já formava poças, evaporava, o corpo estava já escancarado em alguns pontos. Eles não podiam resistir; mais uma vez, lá estavam; mais uma vez o líder levantou o chicote; eu segurei seu braço.

– Tu tens razão, senhor – ele disse –, vamos deixá-los com sua ocupação; pois também está na hora de partirmos. Tu os viste. Animais maravilhosos, não é mesmo? E como nos odeiam!

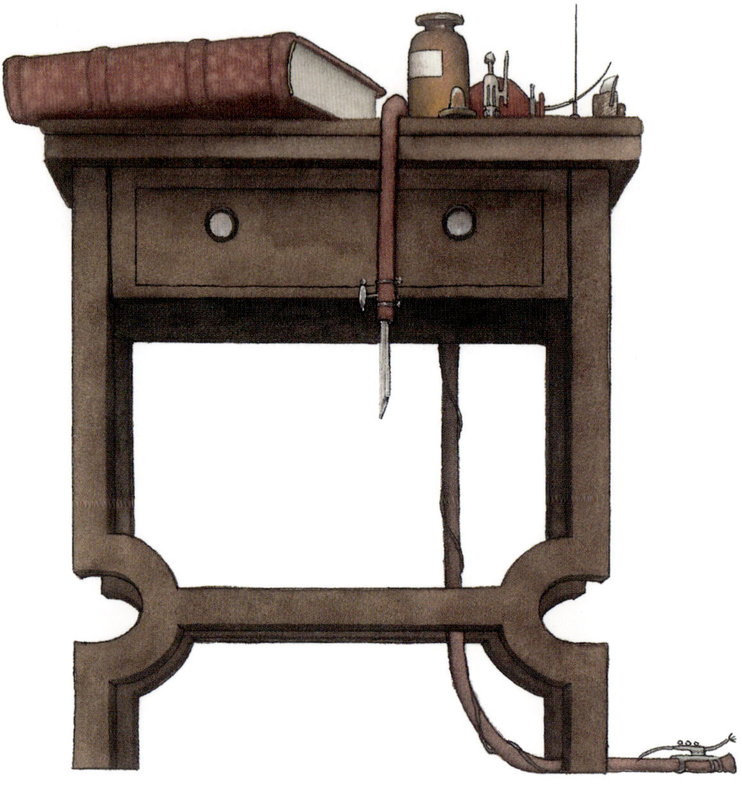

BREGENZ

Ele jazia na cama, gravemente enfermo. O médico estava sentado ao lado da mesinha que fora empurrada até a cama e observava o doente, que, por sua vez, olhava para ele. – Nenhuma ajuda – disse o doente, não como se perguntasse, mas respondesse.

O médico abriu um pouco um grande volume de medicina que estava na borda da mesinha; a distância, olhou furtivamente para dentro dele e disse, fechando o livro:

– A ajuda vem de Bregenz.

E quando o doente apertou os olhos, fatigado, o médico acrescentou:

– Bregenz em Vorarlberg.

– É longe – disse o doente.

DURANTE A CONSTRUÇÃO DA MURALHA DA CHINA

As pessoas não deram início à obra levianamente. Cinquenta anos antes do início da construção, a arte da construção, especialmente da construção de muros, foi declarada em toda a China, que devia ser amuralhada, ciência da maior importância, e todo o resto era somente reconhecido na medida em que tivesse alguma relação com ela. Ainda lembro muito bem como nós, crianças pequenas, ainda de pernas bambas, ficávamos no jardinzinho de nosso professor e tínhamos de construir uma espécie de muro com seixos. O professor arregaçava o paletó, corria contra o muro, naturalmente derrubava tudo e nos censurava de tal maneira pela fragilidade de nossa construção que nos dispersávamos para todos os lados, chorando, ao encontro de nossos pais. Um incidente diminuto, mas significativo para o espírito da época.

A PREOCUPAÇÃO DO PAI DE FAMÍLIA

Alguns dizem que a palavra Odradek vem do eslavo e procuram, portanto, demonstrar a formação da palavra. Outros, contrariamente, acham que ela vem do alemão e teria sido apenas influenciada pelo eslavo. A incerteza de ambas as interpretações, no entanto, nos leva a concluir que nenhuma está correta, principalmente porque não podemos encontrar o sentido da palavra em nenhuma das duas.

Naturalmente, ninguém se ocuparia desses estudos se não houvesse realmente uma criatura chamada Odradek. A princípio, ele se parece com um carretel de linha – achatado, em forma de estrela, e realmente parece envolvido por uma linha; no entanto, devem ser apenas pedaços de linhas cortadas, velhas, unidas por nós ou também entrançadas, das mais variadas espécies e cores. Mas não é só um carretel, pois do meio da estrela sai uma pequena haste enviesada e a essa haste se acrescenta, em um ângulo reto, uma outra. Com ajuda dessa última haste de um lado e um dos raios da estrela do outro lado, o engenho inteiro consegue ficar de pé como sobre duas pernas.

Ficamos tentados a acreditar que essa composição teria tido antigamente uma forma adequada a uma função e hoje estaria apenas quebrada. Mas não parece ser esse o caso; pelo menos não há nenhum indício do fato; não se vê nenhum ponto de inserção ou partes quebradas que indiquem algo do tipo; o conjunto parece não ter sentido, mas é completo à sua maneira. Aliás, não podemos dizer muito mais a respeito, já que o Odradek é extremamente ágil e difícil de ser pego.

Ele fica alternadamente no sótão, nas escadas, nos corredores, no vestíbulo. Às vezes, desaparece por meses; certamente, transfere-se para outras casas; mas depois volta inevitavelmente para a nossa. Às vezes, quando passamos pela porta e ele está lá embaixo, recostado no corrimão da escada, temos vontade de nos dirigir a ele. Claro que não lhe fazemos perguntas difíceis, mas o tratamos – seu tamanho minúsculo já nos induz a tanto – como uma criança.

– Como te chamas? – perguntamo-lhe.

– Odradek – diz ele.

– E onde moras?

– Domicílio incerto – diz ele e ri. Mas é um riso que só pode ser produzido sem pulmões. Ele soa um pouco como o farfalhar de folhas caídas. Com isso a conversa quase sempre termina. Aliás, nem sempre é possível obter até mesmo essas respostas; frequentemente ele permanece longo tempo calado, como a madeira que parece ser. Em vão me pergunto o que vai acontecer com ele. Será que pode morrer? Tudo o que morre teve antes uma espécie de objetivo, uma espécie de atividade que o extenuou; isso não se aplica ao Odradek. Será que ainda vai rolar escada abaixo, com pedaços de linha se arrastando pelo chão, até os pés de meus filhos e dos filhos deles? Ele aparentemente não prejudica ninguém, mas a ideia de que vai sobreviver a mim me é quase dolorosa.

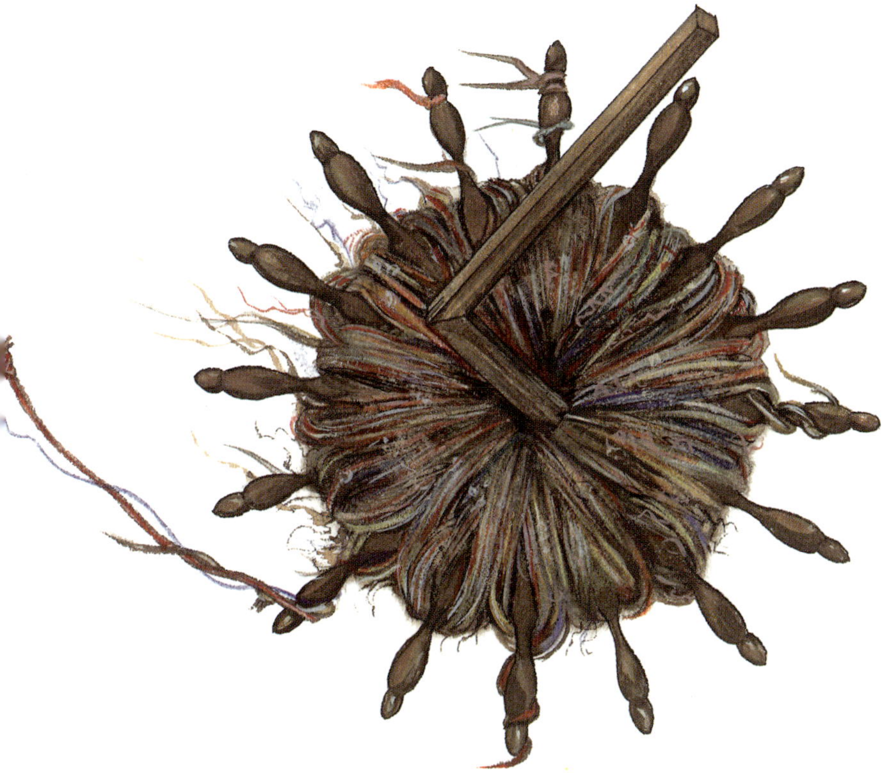

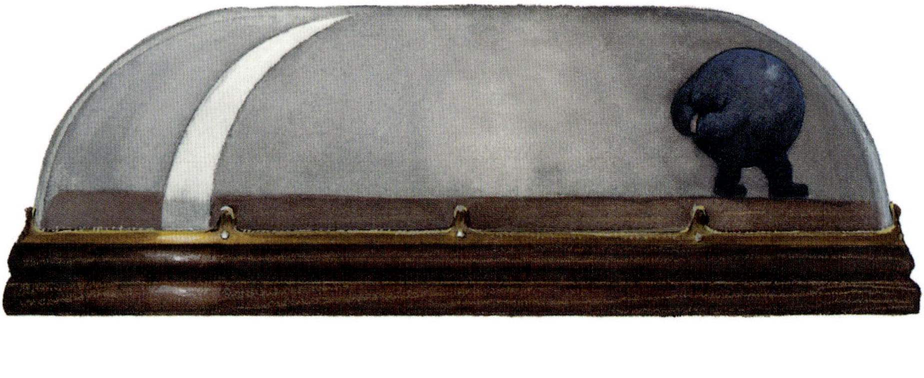

O JOGO DE PACIÊNCIA

Era uma vez um jogo de paciência, um jogo simples e ordinário, não muito maior que um relógio de bolso e sem nenhum mecanismo surpreendente. Na superfície de madeira pintada de marrom-avermelhado, estavam entalhados alguns caminhos azuis confusos que desembocavam em uma pequena concavidade. A esfera, também azul, devia ser primeiro levada até um dos caminhos ao se inclinar e balançar o jogo e depois até a concavidade. Quando a esfera chegasse à concavidade, então o jogo acabava, e, se quiséssemos recomeçá-lo, tínhamos de chacoalhar o jogo de novo para tirar a esfera da concavidade. O jogo era coberto por um resistente vidro abaulado, nós podíamos guardá-lo no bolso e carregá-lo conosco. Onde quer que estivéssemos, podíamos pegá-lo e jogar.

Quando a esfera estava desocupada, ela quase sempre caminhava para lá e para cá, as mãos às costas, na parte elevada, evitando os caminhos. Ela era da opinião de que já era suficientemente torturada pelos caminhos durante o jogo e de que tinha todo o direito de descansar na área livre quando ninguém jogava. Tinha um caminhar largo e afirmava não ter sido feita para os estreitos caminhos. Isso estava parcialmente correto, pois os caminhos realmente quase não conseguiam abarcá-la, mas estava também incorreto, pois ela realmente tinha sido cuidadosamente ajustada à largura dos caminhos. Confortáveis, porém, os caminhos não deviam ser para ela, pois nesse caso não seria um jogo de paciência.

O PÁSSARO

Quando cheguei em casa à noite, encontrei no meio do quarto um ovo grande, desmedido. Era quase da altura da mesa e abaulado, como deveria ser. Ele balançava silencioso para lá e para cá. Fiquei muito curioso, prendi o ovo entre as pernas e cortei-o cuidadosamente ao meio com meu canivete. Ele já estava choco. Aos pedacinhos, a casca se abriu e de lá pulou um pássaro semelhante a uma cegonha, ainda sem penas, batendo as asas curtas demais no ar. "O que queres no nosso mundo?", tive vontade de perguntar, agachei-me em frente do pássaro e olhei em seus olhos, que piscavam amedrontados. Mas ele me deixou e foi pulando ao longo das paredes, esvoaçando um pouco, como se sobre pés doloridos. "Um ajuda o outro", pensei, desempacotei meu jantar sobre a mesa e acenei para o pássaro que acabara de enfiar o bico entre meus poucos livros do outro lado da sala. Ele logo veio até mim, sentou-se, aparentemente já um pouco mais acostumado, em uma cadeira. Com o peito chiando, começou a farejar as fatias de embutido que colocara à sua frente, depois simplesmente as espetou e jogou de volta para mim. "Um erro", pensei, "naturalmente, ninguém sai do ovo para logo começar comendo embutidos. Aqui seria necessária uma experiência feminina." E o encarei perscrutando se seus desejos alimentícios poderiam ser lidos em sua aparência. "Se ele vem", ocorreu-me então, "da família das cegonhas, certamente deve gostar de peixes. Eu, de minha parte, estou disposto até mesmo a conseguir peixe. Porém, não de graça. Meus recursos não me permitem manter um pássaro doméstico. Se então faço tal sacrifício, quero um retorno de mesmo valor, preservador da vida. Ele é uma cegonha, então que me leve, quando estiver crescido e cevado pelos meus peixes, consigo para os países meridionais. Já faz tempo que desejo viajar para

lá e só não o fiz até agora por falta de asas de cegonha." Imediatamente peguei papel e tinta, mergulhei o bico do pássaro nela e escrevi, sem que me fosse imposta nenhuma resistência por parte dele, o seguinte: "Eu, pássaro da espécie das cegonhas, comprometo-me, caso tu me alimentes com peixes, sapos e vermes (esses dois últimos alimentos acrescentei por serem mais baratos) até eu estar apto a voar, a te carregar em minhas costas para os países meridionais." Então limpei o bico e mostrei o papel mais uma vez para o pássaro antes de dobrá-lo e colocá-lo em minha maleta. Depois, então, fui logo atrás dos peixes; dessa vez tive de pagar caro por eles, mas o comerciante me prometeu, nas próximas vezes, sempre separar para mim peixes podres e vermes em abundância por um preço baixo. Talvez a viagem para o Sul não ficasse tão cara. E gostei de ver como o pássaro gostou do que eu trouxe. Com gorgorejos os peixes foram engolidos, enchendo a barriguinha avermelhada. Dia a dia, de forma incomparável a crianças humanas, o pássaro fazia progressos em seu desenvolvimento. É verdade que o fedor insuportável dos peixes podres não deixou mais meu quarto, e não era sempre fácil encontrar e eliminar as sujeiras do pássaro; o frio do inverno e o aumento do preço do carvão também impediam a ventilação extremamente necessária – mas que importância isso tinha? Chegada a primavera eu flutuaria nos leves ares em direção ao Sul radiante. As asas cresceram, cobriram-se de penas, os músculos se fortaleceram, já era tempo de iniciar os exercícios de voo. Infelizmente não havia nenhuma mãe cegonha presente, se o pássaro não fosse tão dócil, minhas aulas não teriam bastado. Mas, ao que tudo indica, ele percebeu que precisava compensar a minha incapacidade como professor com uma concentração extrema e grande esforço. Nós começamos com o voo da poltrona. Eu subi nela, ele me seguiu, pulei com os braços abertos, ele esvoaçou atrás de mim. Depois passamos para a mesa e, por último, para o armário, e a cada vez todos os voos eram sistematicamente repetidos várias vezes.

O CAVALEIRO DA TINA

Gasto todo o carvão; vazia a tina; inútil a pá; respira frio o forno; o quarto totalmente embaçado pelo gelo; diante da janela, árvores paralisadas cobertas de geada; o céu, um escudo prateado contra aquele que pede sua ajuda. Eu preciso de carvão; não posso morrer de frio; atrás de mim o forno impiedoso, diante de mim o céu também sem piedade; consequentemente, tenho de cavalgar rapidamente vez por outra e buscar ajuda com o carvoeiro no centro. Aos meus pedidos costumeiros, ele já está insensível; tenho de lhe mostrar exatamente que não tenho nem mesmo pó de carvão e que ele, portanto, é para mim o sol no firmamento. Eu tenho de chegar como o mendigo que está a ponto de morrer de fome, estertorante, na soleira da porta e para o qual, por isso, a cozinheira do senhorio decide passar a borra do último café. Da mesma forma, o comerciante deve, furioso, mas sob a luz do mandamento "Não matarás!", jogar-me uma pá cheia na tina.

Minha chegada já deve ser decisiva; por isso cavalgo a tina até lá. Como cavaleiro da tina, a mão em cima, na alça, a mais simples rédea, viro-me penosamente escada abaixo. Mas embaixo minha tina ascende, magnífica, magnífica; camelos, deitados no chão, não ascendem, balançando-se sob o bastão do líder, de forma mais bela. Através da rua congelada, ela vai em um galope harmonioso; frequentemente sou elevado à altura dos primeiros andares; nunca desço até as portas das casas. E a uma altura excepcional flutuo diante da abóbada do porão do comerciante, onde ele, nas profundezas, escreve encolhido diante de sua mesinha. A fim de aliviar o calor desmesurado, ele abrira a porta.

– Carvoeiro – eu chamo com voz cavernosa, queimada pelo frio, envolvido no vapor de meu hálito –, carvoeiro, por favor, dá-me um pouco de carvão. Minha tina já está tão vazia que posso cavalgá-la. Seja bondoso. Quando puder eu pago.

O comerciante coloca a mão ao lado da orelha:

– Estou ouvindo direito? – pergunta por cima dos ombros à sua mulher que tricota no banco do forno. – Estou ouvindo direito? Um cliente.

– Eu não ouço nada – diz a mulher inspirando e expirando calmamente sobre suas agulhas, as costas agradavelmente aquecidas.

– Ah, sim – brado –, sou eu, um antigo cliente; fielmente devotado; apenas sem recursos no momento.

– Mulher – diz o comerciante –, há sim, há alguém; não posso estar tão enganado; deve ser um cliente antigo, muito antigo que sabe tocar meu coração.

– O que tu tens, homem? – diz a mulher e aperta, descansando por um momento, o trabalho no peito. – Não é ninguém; a rua está vazia; toda nossa clientela está provida, nós poderíamos fechar a loja por dias e descansar.

– Mas eu estou aqui sentado sobre a tina – grito, e lágrimas insensíveis de frio enevoam meus olhos –, por favor, olhai para cima; vós logo me encontrareis. Peço uma pá cheia e se vós déreis duas, deixais-me exultante. Todo o resto da clientela já foi provido. Ah, se eu já o ouvisse estalar na tina!

– Já vou – diz o comerciante e está prestes a subir a escada com suas pernas curtas, mas a mulher, já ao seu lado, segura-o pelo braço e diz:

– Tu ficas. Se não cedes em tua teimosia, então, eu subo. Lembra-te de tua forte tosse essa noite. Mas por um negócio, mesmo que imaginário, esqueces tua mulher e filho e sacrificas teus pulmões. Eu vou.

– Então, diz-lhe todos os tipos que temos no depósito; os preços eu te grito daqui.

– Bom – diz a mulher, e sobe até a rua. Naturalmente, ela logo me vê.

– Dona carvoeira – eu exclamo –, meus respeitosos cumprimentos; apenas uma pá de carvão; diretamente aqui na tina; eu mesmo o levo para casa; uma pá do pior carvão. Eu naturalmente pagarei tudo, mas não agora, não agora. – E as duas palavras "não agora" soam como sinos e se misturam, em seu sentido, com o badalar noturno que pode ser ouvido vindo da torre da igreja próxima.

– O que ele quer, então? – chama o comerciante. – Nada – brada a mulher de volta –, não é nada; eu não vejo nada; não ouço nada; só o sino badala anunciando as seis horas e nós vamos fechar. O frio está terrível; amanhã teremos provavelmente muito trabalho.

Ela não vê nada e não ouve nada; mas mesmo assim solta o laço do avental e tenta me enxotar com ele. Infelizmente, consegue. Todas as vantagens de uma boa montaria a minha tina tem; não tem força de resistência; é leve demais; um avental feminino arranca suas pernas do chão.

– Malvada! – ainda exclamo de volta enquanto ela, virando-se para a loja, agita a mão no ar, em parte com desprezo, em parte satisfeita. – Malvada! Pedi uma pá do pior carvão e tu não me deste – com isso, subo até a região das montanhas glaciais e desapareço até nunca mais.

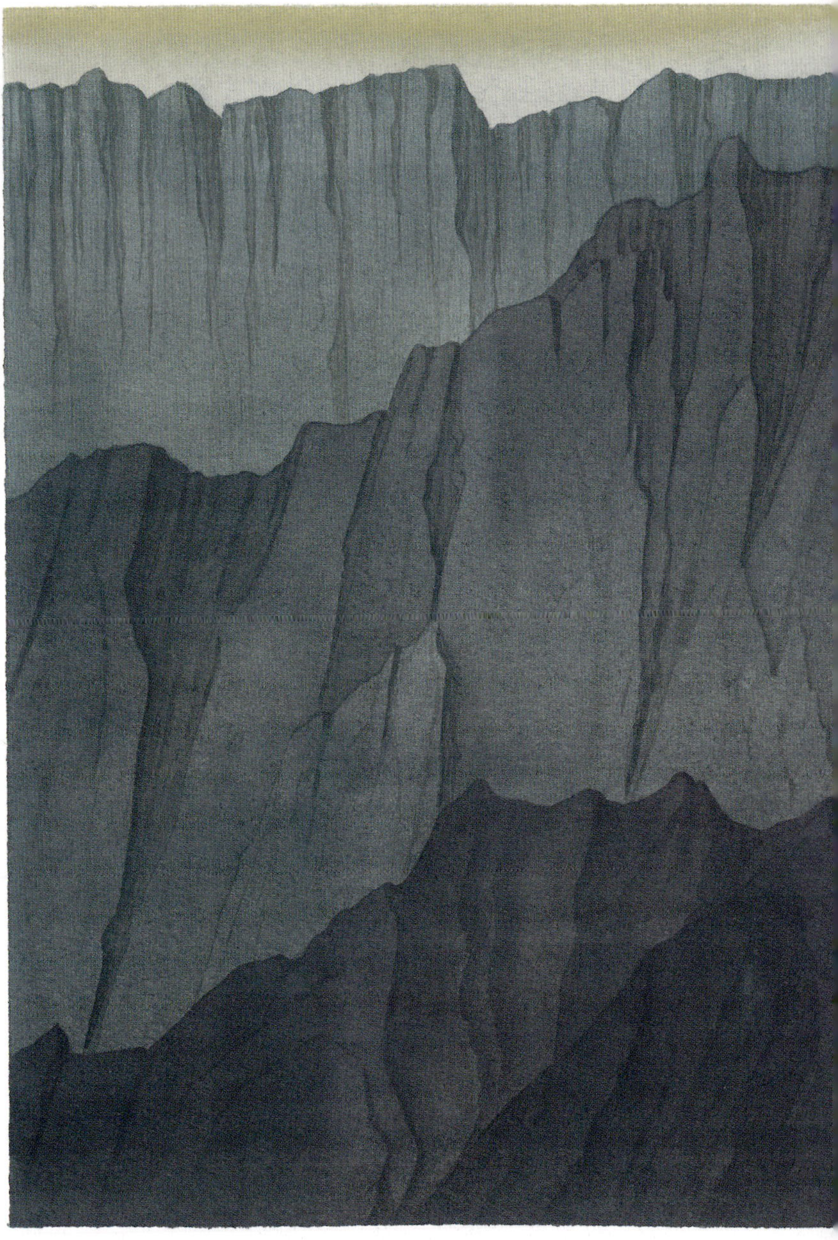

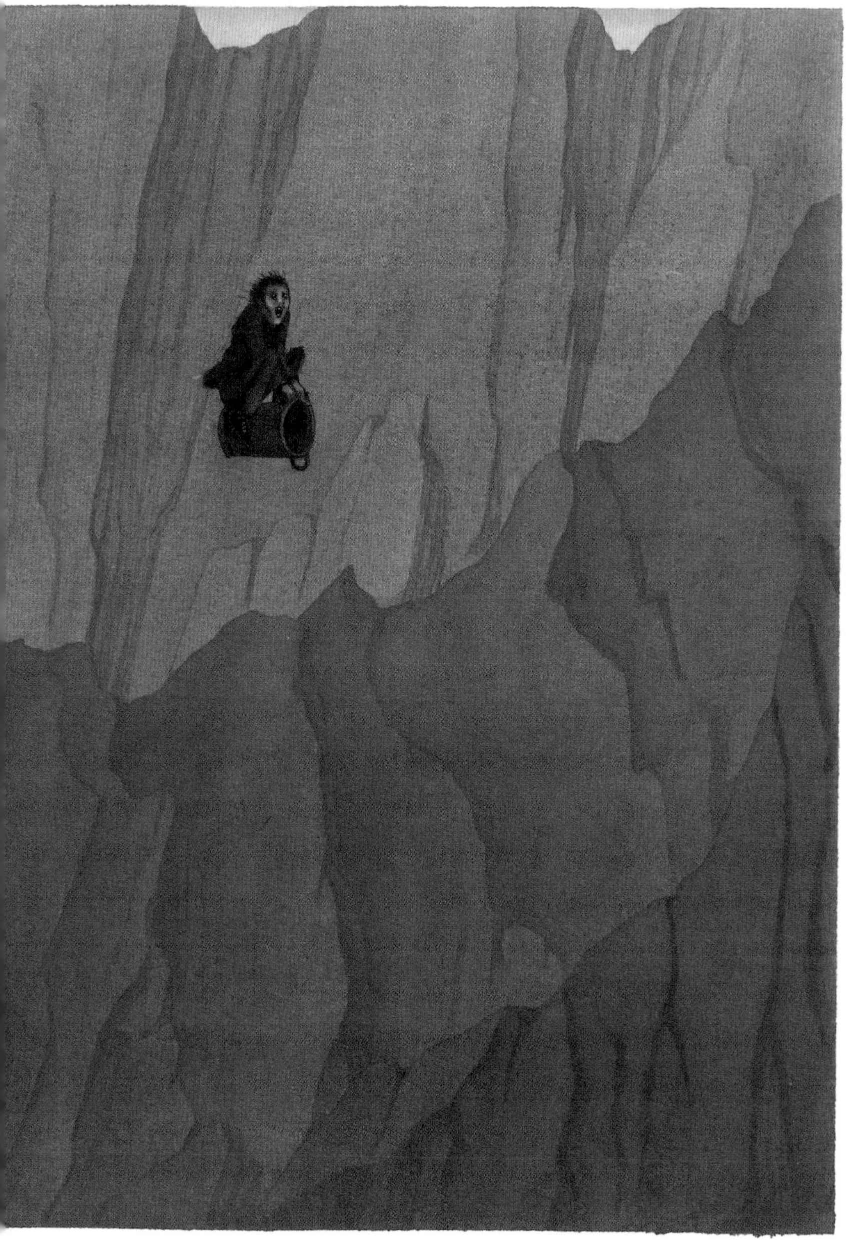

Continuai dançando, porcos;
o que eu tenho com isso?

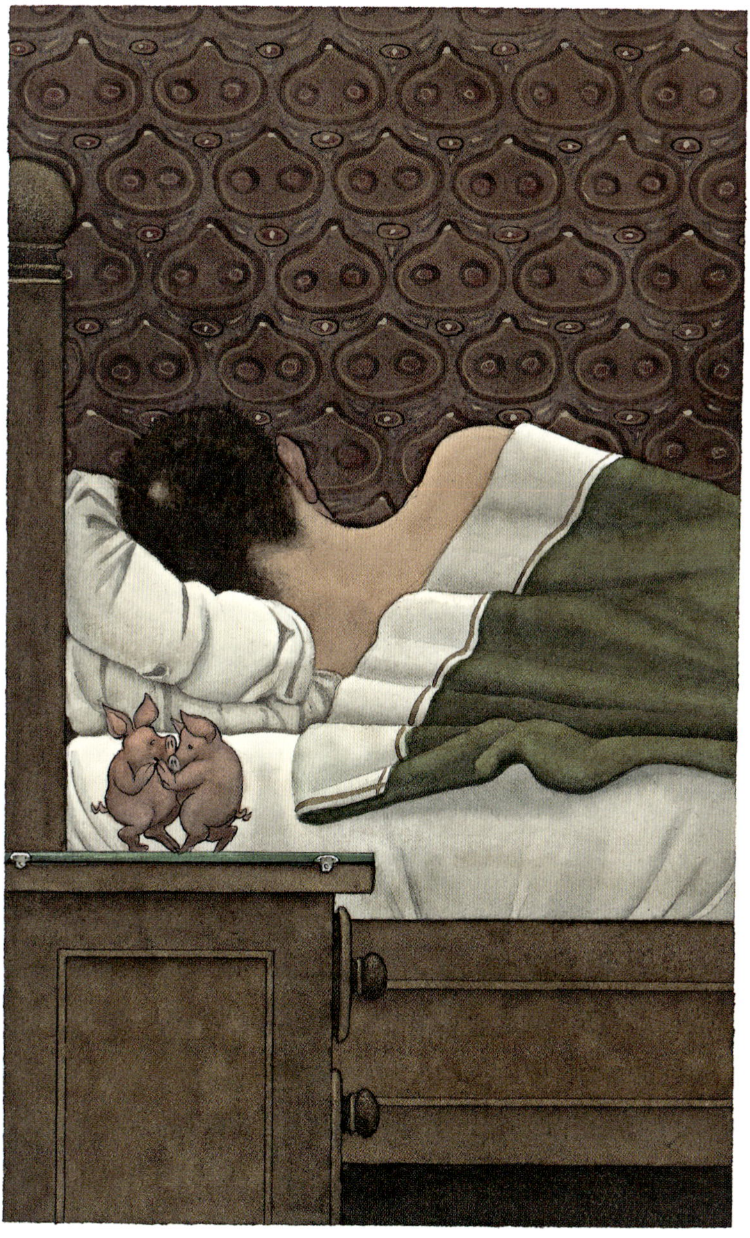

1ª edição novembro de 2010 | **Diagramação** Megaart Design | **Fonte** Caslon 10,8/15,5 pt
Papel Nevia Matt 115 g/m² | **Impressão e acabamento** Corprint